Das Geheimnis der Herz Dame

Lehrbuch der Doppelkopf-Taktik

Michael von Borstel

Michael von Borstel

Das Geheimnis der Herz Dame

Lehrbuch der Doppelkopf-Taktik

Shaker Verlag
Aachen 2002

Die Deutsche Bibliothek - CIP-Einheitsaufnahme

von Borstel, Michael:
Das Geheimnis der Herz Dame : Lehrbuch der Doppelkopf-Taktik /
Michael von Borstel.
Aachen : Shaker, 2002

ISBN 3-8322-0240-4

Printed in Germany.

ISBN 3-8322-0240-4

Shaker Verlag GmbH • Postfach 101818 • 52018 Aachen
Telefon: 02407 / 95 96 - 0 • Telefax: 02407 / 95 96 - 9
Internet: www.shaker.de • eMail: info@shaker.de

Vorwort des Herausgebers

Wie wird man ein guter Doppelkopfspieler? Welcher Spielzug, welche Taktik ist die richtige? Auch wenn man gerne und häufig aus dem Bauch heraus die Karten spielt oder abwirft, ist die 120-Augen-Grenze doch eine wichtige für den eigentlichen Spielspaß.

Michael von Borstel hat sich damit auseinander gesetzt. Jahrzehntelange Spielpraxis hat ihn zu dem besten Spieler gemacht, den ich kenne. Seine logischen Argumente für oder gegen bestimmte Spielweisen waren bereits in der Vergangenheit auszugsweise dokumentiert worden; doch sie waren nur wenigen Auserwählten zugänglich.

Es war zum Glück nicht schwer ihn zu einer Neuauflage zu überreden - doch mehr Arbeit als erwartet.

Das Thema ist spannend und das Buch deshalb packend, aber „der Leser muss es lesen wollen", so die ersten Kommentare aus dem Freundeskreis.

Dank gilt Andrea Kreienbaum, die unermüdlich die Manuskripte entzifferte und nicht müde wurde auch noch die zweite Änderung der dritten Korrektur zu erfassen. Zarah Trebbels und Norbert Balthasar waren die ersten Außenstehenden, die das Buch gelesen haben. Sie waren, und dafür sei Ihnen Dank, begeistert. Ihre Kommentare haben uns den letzten Schub gegeben, das Werk nun zu vollenden.

Aachen, August 1999 bis April 2002

Christian Lochner

Inhalt

1 Die Spielregeln des Doppelkopfspiels

1.1 Die Spielregeln des Deutschen Doppelkopf-Verbandes

Der Deutsche Doppelkopf-Verband e.V. (DDV) hat die "Turnierspielregeln (TSR) des Deutschen Doppelkopf-Verbandes" festgelegt. Die vollständigen Turnierspielregeln können auf der Internetseite des DDV unter http://www.doko-verband.de eingesehen werden. Der DDV hat auch eine Kurzfassung dieser Turnierspielregeln herausgegeben. Diese Kurzfassung ist im Anhang dieses Buches abgedruckt.

Die Festlegung einheitlicher Spielregeln durch den DDV ist ein wichtiger Schritt, um die Verbreitung des Doppelkopfspiels zu fördern. Um die Bemühungen des DDV zu unterstützen und um auch möglichst viele Leser mit diesem Buch anzusprechen, werden alle Ausführungen in diesem Buch auf Grundlage und unter Einhaltung der Turnierspielregeln des DDV gemacht.

Zusätzlich werden lediglich zwei weitere Vorbehalte besprochen, die in privaten Spielrunden häufig gespielt werden:
Die Trumpfabgabe und das "Neu-Geben bei fünf Neunen". Die Regeln dieser Vorbehalte befinden sich in den entsprechenden Kapiteln.

1.2 Abweichungen von den Turnierspielregeln des DDV

Es gibt unzählige weitere Abweichungen von den Spielregeln des Doppelkopf-Verbandes. Einige Abweichungen zu den Turnierspielregeln, die keine Berücksichtigung in diesem Buch finden, werden im Folgenden kurz aufgeführt.

1.2.1 Fehlfarbe als Hochzeitserkennungsstich

In den TSR ist der erste Stich eines der Nicht-Hochzeitsspieler, egal ob in Trumpf oder in einer Fehlfarbe, der Erkennungsstich. Dieser Stich muss in den ersten drei Stichen entschieden sein. Falls der Hochzeitsspieler die ersten drei Stiche macht, spielt er alleine.

In vielen Doppelkopfrunden wird jedoch der erste Fehlfarbenstich, den der Hochzeitsspieler nicht macht, als Erkennungsstich gewertet. Der Hochzeitsspieler spielt hier alleine, wenn er die ersten drei Fehlstiche macht.

1.2.2 Das Ansagen für alle Spieler zum gleichen Zeitpunkt

"Kontra" und "Re"	bis zur fünften Karte auf dem Tisch
"keine 90"	bis zur neunten Karte auf dem Tisch
"keine 60"	bis zur 13. Karte auf dem Tisch
"keine 30"	bis zur 17. Karte auf dem Tisch
"schwarz"	bis zur 21. Karte auf dem Tisch

1.2.3 Verdoppeln der Punktzahl durch "Kontra" und "Re"

In den TSR zählt das "Kontra" bzw. "Re" pauschal zwei Punkte mehr. Statt dessen kann das "Kontra" bzw. "Re" auch eine Verdoppelung aller Punkte inklusive des Punktes "gegen die Kreuz Damen gewonnen" bewirken. Sonderpunkte (Fuchs, Kreuz Bauer, Doppelkopf) werden nicht verdoppelt.

Diese Regel lässt die hohen Siege (z.B. "keine 30" gemacht) punktemäßig höher ausfallen und belohnt das Risiko weiterer Ansagen. Zum Beispiel bringt "keine 90" automatisch aufgrund der Verdopplung durch das "Re" zwei Punkte, folgt man den TSR, wird nur ein Punkt gutgeschrieben.

1.2.4 Kreuz Bauer im letzten Stich gefangen

Falls der Kreuz Bauer im letzten Stich an die Gegenmannschaft geht, wird er wie ein Karo As (Fuchs) behandelt, d.h. die Gegenmannschaft erhält einen Sonderpunkt.

Diese kleine Sonderregel macht das Doppelkopfspiel noch interessanter, da das Halten der Kreuz Bauern bis zum letzten Stich jetzt auch ein Risiko darstellt.

1.2.5 Die zweite Herz Zehn sticht die erste Herz Zehn

Diese Regel vermeidet die Endgültigkeit, die das Spielen der Herz Zehn hat und macht das Spiel damit etwas spannender.
Der Nachteil dieser Regel ist, dass die Überlegenheit der Hinterhandposition noch größer wird und die Re-Mannschaft noch zusätzlich gestärkt wird.

1.2.6 Klopfen statt "Kontra" und "Re"

Statt "Kontra" und "Re" wird in einigen Spielrunden geklopft. Bis zur fünften Karte kann der Spieler mit der Faust auf den Tisch klopfen, wenn er glaubt, dass seine Mannschaft gewinnt. Das Klopfen bewirkt einen Zusatzpunkt für die Mannschaft, die tatsächlich gewinnt.

Der Reiz dieser Regel besteht darin, dass die Mannschaftsaufteilung noch unbekannt bleibt, und dass mehrere Spieler klopfen können, teilweise auch in der Hoffnung, mit dem Spieler zu spielen, der zuerst geklopft hat.

An dieser Stelle ein Zitat von Joachim Ringelnatz:
"Er klopfte teils vergebens, teils entzwei".

Der Nachteil dieser Regel besteht darin, dass das Ansagen von "keine 90" usw. nicht mehr möglich ist und auch die taktische Möglichkeit des "sich früh zu erkennen Gebens" entfällt.

1.2.7 Doppelkopf ohne Neunen (Doppelkopf mit 40 Karten)

Diese Variante des Doppelkopfspiels wird nur von einigen wenigen Spielrunden bevorzugt. Mit dieser Regel wird der Glücksspielcharakter des Spiels gefördert und die taktischen Möglichkeiten der Spieler reduziert.

Beim Spiel mit 40 Karten werden die Fehlfarben wesentlich häufiger gestochen. Da jedoch auch weniger Fehlkarten im Spiel sind, wird weniger Fehlfarbe gespielt und die Gestaltungsmöglichkeiten des mitdenkenden und mitzählenden Spielers werden geringer. Der Erfolg im Spiel hängt noch mehr von der Qualität des Blattes ab, das man bekommen hat. Die Zahl der hohen Trümpfe ist gleich geblieben, während die Zahl der zu verteilenden Stiche von 12 auf 10 zurückgegangen ist.

1.2.8 Doppelkopf mit sechs Spielern

Bei dieser Spielvariante wird eine Karo Neun als dritte Kreuz Dame markiert. Die Spieler bekommen jeweils acht Karten, die drei Kreuz Damen spielen zusammen.

Doppelkopf zu sechst ist zwar sehr gesellig, aber der einzelne Spieler kann durch geschicktes Spiel kaum noch Einfluss auf den Spielablauf und den Spielausgang nehmen.

Wenn die ersten drei Fehlfarben gelaufen sind, bleiben noch fünf Stiche für drei Kreuz Damen und zwei Herz Zehnen. Mit Glück machen die Pik Damen noch einen Stich, alle Trümpfe darunter sind belanglos.

Doppelkopf mit sechs Spielern ist jedoch sehr geeignet, um Kindern in geselliger Runde das Doppelkopfspiel näher zu bringen. Hier können Kinder ohne großes Doppelkopfwissen bereits Erfolge erleben und zwanglos erste Zusammenhänge erlernen.

1.3 Begriffe und Beispiele

Auf ein Glossar wurde in diesem Buch verzichtet. Es werden durchgängig die gleichen Begriffe und Fachausdrücke verwendet. Einige Begriffe werden im Buch an der betreffenden Stelle erklärt, andere können mit Hilfe der Spielregeln im Anhang verstanden werden.

In den Beispielen werden mit vier Spielern A, B, C und D typische Spielsituationen gezeigt. Der ausspielende Spieler steht in jedem Beispiel ganz links. Die Spieler der Re-Mannschaft, sofern im jeweiligen Beispiel bekannt, sind fett und kursiv gedruckt, auch der Solospieler bei einem Solo ist fett und kursiv gedruckt.

2 Die Taktik des Doppelkopfspiels

Der Doppelkopfspieler, der das Ausspielrecht besitzt, hat die freie Auswahl zwischen allen Karten, die er auf der Hand hält. Für die nachfolgenden Spieler ist die Bedienpflicht der einzige Zwang, der die Auswahl der zu spielenden Karten einschränkt.

Wenn man den Spielverlauf optimal zu seinen Gunsten beeinflussen will, gibt es in jeder Spielsituation eine konkrete Karte, mit der man den optimalen Spielverlauf erreicht. In diesem Buch werden einige allgemeine Regeln aufgestellt, die bei der Auswahl der richtigen Karte helfen.

Zusätzlich werden für jede Spielsituation konkrete Ratschläge für die zu spielenden Karten gegeben. Die allgemeinen Regeln und die konkreten Ratschläge beruhen auf logischen Überlegungen und Wahrscheinlichkeitsberechnungen, die vom Autor in 30 Jahren Spielpraxis angestellt und überprüft wurden.

Die Karte, die auf Grundlage dieser Regeln ausgewählt wird, ist die statistisch beste Karte. Es gibt jedoch in jeder Spielsituation eine Karte, die unter Berücksichtigung der konkreten Spielsituation und unter Berücksichtigung des individuellen Spielstils der Mitspieler die richtige Karte wäre. Häufig ist die statistisch beste Karte auch die tatsächlich beste Karte. Der Reiz des Doppelkopfspiels liegt jedoch in den unerwarteten Spielverläufen aufgrund exotischer Kartenverteilungen oder unorthodoxer Spielweisen der Mitspieler.

In diesem Buch werden im Wesentlichen die "handwerklichen" Aspekte des Doppelkopfspiels behandelt. Der wahre Könner zeichnet sich durch die Verarbeitung kleinster Informationen, das Einbeziehen des Spielstils der Mitspieler sowie das Erahnen und Beherrschen der Ausnahmen aus. Auch hier wird versucht, dem Leser Anregungen und Hilfestellungen zu geben.

2.1 Punkte machen

Das oberste Ziel ist es, Punkte für die Gesamtwertung zu machen. Durch Stiche mit möglichst vielen Augen, durch Ansagen und durch Sonderpunkte. Dieses Ziel sollte man vor lauter Regeln und Ratschlägen nicht aus den Augen verlieren. Es ist wie beim Fußball: Der Ball muss ins Tor. Egal mit welcher Taktik und wie es aussieht. Die folgenden Regeln sollen dabei helfen, das Ziel "Punkte machen" zu realisieren, sie sind kein Selbstzweck.

2.2 Stiche der eigenen Mannschaft vorbereiten

Dieses Ziel ist schon etwas komplexer. Man kann es z.B. durch folgende Spielaktionen erreichen:

- Fehlfarben abwerfen (um diese stechen zu können)
- dem Partner zum Ausspielrecht verhelfen (damit der Partner ein Fehl-As spielen kann)
- dem Gegner hohe Trümpfe entlocken (damit die Trümpfe der eigenen Mannschaft höher werden)
- dem Gegner Trümpfe wegspielen (um mit kleinen Trümpfen Stiche zu machen, wenn die Gegner keine Trümpfe mehr haben)
- die Gegner einschüchtern (um sie zu einer fehlerhaften Spielweise zu verleiten)
- die Gegner in Sicherheit wiegen (um die Gegenspieler ebenfalls zu einer fehlerhaften Spielweise zu verleiten und dann überraschende und wertvolle Stiche zu machen)

2.3 Das eigene Blatt vielseitig machen

2.3.1 Das Vielseitigkeitsprinzip

Die Spielweise sollte darauf ausgerichtet sein, das eigene Blatt vielseitig zu machen und zu erhalten. Das heißt, dass man für jeden Zweck eine oder mehrere Karten bereit hält.

- hohe Trümpfe für wichtige Stiche
- mittlere Trümpfe zum Vorsetzen und Stechen unwichtiger Stiche
- kleine Trümpfe mit wenigen Augen für die Gegner
- kleine Trümpfe mit vielen Augen für die eigene Mannschaft

Das Gleiche gilt für die Fehlfarben, wobei Fehlfarbenkarten generell unerwünscht sind. Eine Fehlfarbe, die man nicht mehr hat, erlaubt das Spielen jeder beliebigen Karte, die man noch auf der Hand hat. Das ist weitaus vielseitiger als die Fehlfarbe zu bedienen.

Das Vielseitigkeitsprinzip gebietet einem auch im Laufe des Spiels, sein Blatt vielseitig zu erhalten. Wenn man z.B. nur einen hohen Trumpf hat, sollte man diesen nicht leichtfertig in einen unwichtigen Stich legen. Das Gleiche gilt natürlich, wenn man nur einen kleinen Trumpf hat. Diesen Trumpf legt man nicht in einen beliebigen Trumpfstich, sondern hebt ihn für einen Herz Zehn-Stich der Gegner oder für das Stechen einer Fehlfarbe auf.

2.3.2 Das Einseitigkeitsprinzip

Ziel des Einseitigkeitsprinzips ist die Erzeugung von Engpässen bei den Gegenspielern. Dieses Prinzip ist die Umkehrung des Vielseitigkeitsprinzips übertragen auf die Karten der Gegenspieler. Alles was man tut, um sein eigenes Blatt vielseitig zu machen, versucht man den Gegenspielern zu verwehren:

- Man wird versuchen, bei den Gegnern Trumpfengpässe zu erzeugen.
- Man spielt nur Fehlfarben, die die Gegner bedienen, um die vielseitigen Möglichkeiten beim Stechen und Abwerfen zu verhindern.

2.4 Das gewöhnliche Spiel

Das gewöhnliche Spiel (d.h. ein Spiel ohne Vorbehalte) wird in diesem Buch in vier Kapitel unterteilt:

- Die Eröffnung
- Der Übergang zum Hauptspiel
- Das Hauptspiel
- Das Endspiel

In jedem Kapitel werden Themen und Fragestellungen, die üblicherweise in dieser Phase des Spiels auftreten, behandelt:

Die Eröffnung enthält das Spielen der Fehlfarben zum ersten Mal und alle damit verbundenen Fragestellungen. Nach drei bis fünf Stichen ist diese Spielphase gewöhnlich abgeschlossen.

Im Übergang zum Hauptspiel wird die Aufklärung der Mannschaftsaufteilung und das Spielen von Fehlfarben zum zweiten und dritten Mal behandelt. Diese Phase ist meistens bis zum siebten Stich abgeschlossen.

Das Hauptspiel beschreibt die Phase des Spiels, in der entweder Trumpf oder Fehlkarten, die mehrfach gestochen werden, gespielt werden. Das Hauptspiel umfasst typisch die Stiche sechs bis zehn.

Das Endspiel beginnt mit dem zehnten Stich und ist geprägt durch die Engpässe aufgrund der geringen verbliebenen Kartenanzahl.

Die Zuordnung der Themen zu den vier Kapiteln dient nur der Übersichtlichkeit. Die Übergänge zwischen den vier Spielphasen sind fließend. Zum Beispiel wird manchmal die Mannschaftsaufteilung erst im letzten Stich geklärt, eine Fehlfarbe läuft erst im Endspiel oder eine Fehlfarbe wird kein zweites Mal ausgespielt.

3 Die Eröffnung

3.1 Das Ausspielen

Die ersten drei bis fünf Stiche eines Doppelkopfspiels sind gekennzeichnet durch den Wettlauf um das Ausspielen der Asse in den drei Fehlfarben. Der Spieler, der das erste As in einer Fehlfarbe ausspielt, hat gute Chancen, den Stich zu machen. Es ist daher sehr wichtig, sich das Ausspielrecht zu erhalten, falls man ausspielen darf. Die Grundlage für die Wahrung des Ausspielrechts in der Eröffnung ist die richtige Reihenfolge beim Ausspielen der Fehl-Asse (s. 3.1.1). Der zweite wichtige Gesichtspunkt beim Ausspielen ist das Anspielen des Partners (s. 3.1.2), um auch dem Partner das Ausspielen von Fehl-Assen zu ermöglichen. In Abschnitt 3.1.3 werden Empfehlungen für das Ausspielen gegeben, wenn man keine Fehl-Asse besitzt und den Spielpartner noch nicht kennt.

3.1.1 Das Ausspielen von Fehl-Assen

3.1.1.1 Die Reihenfolge für das Ausspielen von Fehl-Assen

> *Regel 1:*
> (Hauptregel für das Ausspielen eigener Fehl-Asse)
>
> Falls man mehrere Fehl-Asse besitzt, spielt man zuerst das As, dessen Wahrscheinlichkeit am höchsten ist durchzugehen. Anschließend wird das Fehl-As mit der zweithöchsten Wahrscheinlichkeit ausgespielt.

Ausnahmen:
Besitzt man in einer Farbe das Doppel-As kann es vorteilhaft sein, dieses As zurückzuhalten, da der Zwang des Zuerstausspielens entfällt (s. 3.1.1.2). Wenn der Partner bekannt ist, kann es vorteilhaft sein, den Partner anzuspielen (s. 3.1.2).

Ein Maß für die Wahrscheinlichkeit, dass ein eigenes As durchgeht, ist die Anzahl der Fehlkarten, die die drei Mitspieler in dieser Farbe noch auf der Hand halten. Wichtig ist, dass bei der Berechnung dieser Zahl neben den eigenen Fehlkarten auch die bereits abgeworfenen Fehlkarten berücksichtigt werden.

Anzahl der Fehlkarten bei den Mitspielern	Wahrscheinlichkeit für das Durchgehen eines Fehl-Asses
sieben	in sieben von acht Fällen (ca. 88 %)
sechs	in vier von fünf Fällen (ca. 80 %)
fünf	in zwei von drei Fällen (ca. 66 %)
vier	jedes zweite Mal (ca. 50 %)
drei	jedes vierte Mal (ca. 25 %)
zwei	kein Mal (0 %)
eins	kein Mal (0 %)
null	kein Mal (0 %)

Die exakten Werte sind im Kapitel 11 aufgeführt. Die Tabelle gilt sowohl für Kreuz und Pik als auch für die Fehlfarbe Herz (nur sechs Fehlkarten, es fehlen die Herz Zehnen).

Die in der Tabelle angegebenen Wahrscheinlichkeiten dürfen in einem Fall nicht mehr als Entscheidungsgrundlage verwendet werden:
Falls Fehlkarten abgeworfen wurden, sind die tatsächlichen Wahrscheinlichkeiten für das Durchgehen eines Asses der abgeworfenen Fehlfarbe viel schlechter als die rechnerische Wahrscheinlichkeit, da bevorzugt blanke Fehlkarten abgeworfen werden. Aus diesem Grund sollte man zuerst das Fehl-As in einer Farbe spielen, die noch nicht abgeworfen wurde, auch wenn die mathematische Wahrscheinlichkeit, dass die Farbe durchgeht, geringer ist als in der Farbe, die abgeworfen wurde.

Regel 2:

Auch Asse, die mit geringer Wahrscheinlichkeit durchgehen, ausspielen.

Interessant an den Wahrscheinlichkeiten ist, dass auch ein vierfach besetztes As mit 25 % Wahrscheinlichkeit durchgeht. Manche Spieler schrecken davor zurück, dieses As zu spielen, "weil es sowieso gestochen wird". Aber wie will man einen Stich in dieser Farbe machen, wenn nicht durch das Ausspielen des Asses? Falls ein anderer Spieler das As in dieser Farbe spielt, ist die Wahrscheinlichkeit 0 %, dass man den Stich macht. Nur wenn der Partner schon bekannt ist, kann es sinnvoll sein, den Partner anzuspielen, bevor man dieses 25 %-As ausspielt.

Wenn das As mit zwei Königen und zwei Neunen besetzt ist, lohnt sich eine genauere Überlegung, denn es droht ein Doppelkopf durch Stechen von Karo Zehn oder Karo As. Falls die gegnerische Mannschaft "Kontra" bzw. "Re" gesagt hat, ist die Wahrscheinlichkeit hoch, dass sie diese Farbe sticht. Wenn man in dieser Situation das As nicht ausspielt, kann man sich immerhin einen Doppelkopf ersparen. Für alle anderen Fälle gilt: Auch kleine Chancen nutzen, also das As ausspielen.

Regel 3:

Falls man zwei Fehl-Asse besitzt, die mit gleicher Wahrscheinlichkeit durchgehen, spielt man das As in der Farbe, in der die drei Mitspieler die meisten Augen auf der Hand halten.

Ausnahme:

Das blanke Herz As kann vor einem doppelt besetzten schwarzen As gespielt werden. Falls das As wie gewünscht durchgeht, spielt die Reihenfolge selbstverständlich keine Rolle. Andernfalls bestehen die Vorteile darin, dass man bei Herz zum zweiten bereits abwerfen oder stechen kann, und dass man in der schwarzen Farbe gezielt das As schmieren oder eine andere Karte mit weniger Punkten dazulegen kann.

Beispiel 1:

Kreuz As, Kreuz 9
Pik As
Herz As

Beispiel 2:

Kreuz As, Kreuz 10
Pik As, Pik 9

Beispiel 3:

Pik As, Pik 10, Pik König, Pik 9
Herz As, Herz 9

Beispiel 4:

Kreuz As, Kreuz As
Pik As, Pik 10, Pik 10

Beispiel 5:

Pik As, Pik 10, Pik 9
Herz As

In den Beispielen 1 bis 4 ist es richtig, das Pik As zuerst auszuspielen, die Begründung für das Ausspielen von Pik As im Beispiel 4 wird im nächsten Abschnitt gegeben. In Beispiel 5 kann auch das Herz As vor dem Pik As gespielt werden.

3.1.1.2 Das Doppel-As

Regel 4:
Ein Doppel-As wird zurückgehalten, wenn die Möglichkeit besteht, dass die eigene Mannschaft vorher mit einem einzelnen Fehl-As einen anderen Fehlstich macht oder wenn das sofortige Ausspielen von Trumpf Vorteile bringt.

Begründung: Wenn man das Doppel-As in einer Fehlfarbe hält, entfällt der Zwang, das As sofort ausspielen zu müssen. Es besteht die Möglichkeit, eine andere Karte vor diesem As auszuspielen, z.B. andere eigene Fehl-Asse, die mit geringerer Wahrscheinlichkeit durchgehen.

Oder man spielt den Partner an, um ihm die Möglichkeit zu geben, seine Fehl-Asse auszuspielen. Schließlich kann man noch Trumpf ausspielen, mit dem Ziel, das Doppel-As erst auszuspielen, wenn der Partner bekannt ist oder die Gegenspieler keine Trümpfe mehr haben.

Das Ausspielen einzelner Fehl-Asse vor dem Doppel-As ist mit wenigen Ausnahmen immer sinnvoll, nur bei einer Hochzeit spielt man grundsätzlich das As mit der höchsten Wahrscheinlichkeit durchzugehen.
Das Anspielen des Partners wird im nächsten Abschnitt ausführlich erläutert.
Die dritte Möglichkeit, das Ausspielen von Trumpf, dient dazu, das Doppel-As zurückzuhalten bis der Partner bekannt ist und schmieren bzw. abwerfen kann oder bis die Gegner nicht mehr stechen können. Falls man acht und mehr Trümpfe hat, bestehen gute Aussichten, den Gegenspielern die Trümpfe wegzuspielen und das Doppel-As am Ende des Spiels auszuspielen. Wenn es nicht vollständig gelingt, zwingt man die Gegenspieler zumindest mit den verbliebenen, meist sehr hohen Trümpfen, zu stechen.

Regel 5:

Beim Zurückhalten des Doppel-Asses keine andere Fehlfarbe zum zweiten oder dritten Mal ausspielen, um ein Abwerfen der Gegenspieler zu verhindern.

Das Abwerfen der Doppel-As-Farbe durch die Gegenspieler, z.B. wenn der Partner Herz zum zweiten Mal ausspielt, ist das größte Risiko beim Zurückhalten des Doppel-Asses.
Es gibt neben der Gefahr des Abwerfens jedoch noch andere Nachteile, die man bedenken sollte:

- Falls man sich durch "Kontra" bzw. "Re" bereits zu erkennen gegeben hat, verhindert man weitere Ansagen (z.B. "keine 90"), weil der Partner die Asse in dieser Farbe bei den Gegenspielern vermutet.
- Wenn der Partner die Farbe des Doppel-Asses nicht besitzt, entgeht ihm ein frühzeitiges Abwerfen seiner Fehlkarten auf das Doppel-As.

Diese Nachteile zeigen, dass das Zurückhalten des Doppel-Asses nur sinnvoll ist mit vielen (acht und mehr) Trümpfen, darunter auch einige hohe Trümpfe. Die hohen Trümpfe sind notwendig, um zu verhindern, dass die Gegenspieler häufig ans Spiel kommen und Fehlfarben ausspielen.

Zum Abschluss noch eine kleine Falle, die man mit dem Doppel-As und einer Zehn den Gegnern stellen kann:
A und B spielen zusammen, A hält in Kreuz Doppel-As und Zehn.

A	*B*	C	D
Kreuz 10	*Kreuz 9*	Pik 10	Kreuz König

C wirft ab, da er bei seinem Partner die Kreuz Asse erwartet.

Zusammenfassung:
Das Ausspielen der Fehl-Asse

Zu Beginn des Spiels spielt man seine Fehl-Asse.

Es wird jeweils das As gespielt, das mit der höchsten Wahrscheinlichkeit durchgeht.

Ein Doppel-As wird erst gespielt, wenn man alle Einzel-Asse ausgespielt hat und keine Möglichkeit sieht, dem Spielpartner das Ausspielen eines Asses zu ermöglichen.

Das Zurückhalten des Doppel-Asses über die Eröffnung hinaus ist nur sinnvoll, wenn man sehr viele Trümpfe hat und gute Chancen sieht, den Gegenspielern die Trümpfe wegzuspielen.

3.1.2 Das Anspielen des Partners

Falls man aufgrund von "Kontra"- oder "Re"-Ansagen oder durch eindeutiges Schmieren den Partner bereits kennt, ist es sinnvoll den Partner anzuspielen. Der Partner hat dann die Möglichkeit Fehl-Asse in Farben, die noch nicht gelaufen sind, auszuspielen.

Es gibt drei Möglichkeiten, den Partner zum Ausspielen von Fehl-Assen zu verhelfen:

1. Das direkte Anspielen

2. Das Spielen einer Fehlfarbe, die der Partner nicht sticht

3. Das Ausspielen von Trumpf

Die Auswahl des geeigneten Verfahrens wird in den drei folgenden Abschnitten diskutiert.

3.1.2.1 Das direkte Anspielen

Das direkte Anspielen funktioniert praktisch nur, wenn der Partner direkt hinter einem sitzt. Nur wenn der Spieler hinter einem durch Ausspielen von Trumpf signalisiert hat, dass er keine Fehl-Asse mehr besitzt, kann der Partner auch in übernächster Position angespielt werden (siehe Beispiel 2). Als Farbe zum Anspielen wählt man wiederum die Fehlfarbe, die mit der höchsten Wahrscheinlichkeit durchgeht.

Beispiel 1:

A und B bilden eine Mannschaft, Kreuz und Herz sind bereits einmal gelaufen.

A	***B***	C	D
Pik 10	***Pik As***	Pik 9	Pik 9

Das Ausspielen von Pik ist für A die sicherste Methode, dem Partner das Spielen des Pik Asses zu ermöglichen. Bei Trumpf oder anderen Fehlfarben besteht die Gefahr, dass die Gegenspieler den Stich machen und Pik As zuerst ausspielen. Falls der Partner B kein Pik As hat, so hätten die Gegenspieler den Pik-Stich sowieso gemacht. Die Wahrscheinlichkeit, dass der Partner mindestens ein Fehl-As dieser Farbe besitzt, beträgt ca. 56 %.

Beispiel 2:

B und D bilden eine Mannschaft. Kreuz und Herz sind bereits einmal gelaufen, A spielt im dritten Stich Trumpf.

A	B	***C***	D
Karo König	Karo 9	***Kreuz Dame***	Herz 10

Spieler D übersticht die Kreuz Dame, obwohl er kein Pik As besitzt und der Trumpfstich wenig Augen enthält. Da A das Pik As nicht ausgespielt hat, haben die Spieler B und C die beiden Pik Asse. Die Wahrscheinlichkeit, dass sein Partner mindestens ein Pik As besitzt, beträgt jetzt 76 %. Daher spielt D Pik Zehn aus.

D	*A*	B	*C*
Pik 10	***Pik 9***	Pik As	***Pik 9***

Dieses Beispiel lehrt zwei Dinge:

- Es lässt sich der Partner auch in übernächster Position anspielen.
- Es kann sinnvoll sein, mit der Herz Zehn das Ausspielrecht zu erkämpfen (auch wenn man selbst keine Fehl-Asse zum Ausspielen hat), um dann den Partner anzuspielen.

3.1.2.2 Das Spielen einer Fehlfarbe, die der Partner sticht

Das Anspielen des Partners über eine Fehlfarbe, die schon gelaufen ist, ist sinnvoll, wenn der Partner nicht direkt hinter einem sitzt und der Partner diese Fehlfarbe mit hoher Wahrscheinlichkeit sticht. Anzeichen für das Stechen einer Fehlfarbe beim zweiten Mal sind das unfreiwillige Schmieren eines Asses (an die Gegner) beim ersten Mal oder das Bedienen mit einer Neun bei einem Stich der eigenen Mannschaft.

Diese Anspielmethode birgt immer das Risiko des Überstechens durch die gegnerische Mannschaft. Es ist daher besonders vorteilhaft, wenn der Partner in Hinterhand sitzt. Dann kann der Partner auch in einer Fehlfarbe, von der nur noch ein oder zwei Fehlkarten bei den Gegenspielern sitzen, angespielt werden.

3.1.2.3 Das Ausspielen von Trumpf

Das Anspielen des Partners über Trumpf ist sehr risikoreich, da grundsätzlich jeder der drei Mitspieler die gleiche Chance hat, den Stich zu machen. Aufgrund der konkreten Verteilung der hohen Trümpfe und aufgrund der Sitzordnung sind die Chancen natürlich nicht gleich.

Die Wahrscheinlichkeit, dass der Partner den Trumpfstich macht ist erhöht,

- wenn der Partner in Hinterhand sitzt
- wenn der Partner "Kontra" bzw. "Re" gesagt hat
- wenn man selbst Kreuz Dame und eine oder zwei Herz Zehnen hat.

Beispiel 1:

Man hält selbst beide Herz Zehnen und Kreuz Dame. Durch Ausspielen eines Karo Asses signalisiert man dem Partner, dass er gefahrlos die Kreuz Dame nehmen kann und damit das Ausspielrecht erhält.

Beispiel 2:

Der Partner sitzt in Hinterhand und hat "Kontra" angesagt. Da sich nicht feststellen lässt, welche Farbe der Partner stechen kann, ist das Ausspielen von Trumpf die aussichtsreichste Methode, um den Partner anzuspielen.

Zusammenfassung:

Das Anspielen des Spielpartners

Wenn der Spielpartner direkt hinter einem sitzt, erfolgt das Anspielen des Partners über eine Fehlfarbe, die noch nicht gelaufen ist.

Falls der Partner eine Farbe sticht, ist das Ausspielen dieser Farbe eine weitere Methode, den Partner ans Spiel zu bringen.

Sitzt der Partner in Hinterhand, ist das Ausspielen einer Farbe, die mehrfach gestochen wird oder das Ausspielen von Trumpf eine erfolgversprechende Anspielmöglichkeit.

3.1.3 Weitere Regeln für das Ausspielen in der Eröffnung

In diesem Abschnitt werden ein paar einfache Ausspielregeln für den Fall aufgestellt, dass man keine Fehl-Asse besitzt und den Partner nicht kennt.

Vier Kriterien bestimmen die optimale Taktik beim Ausspielen:

- Zahl der eigenen Trümpfe
- Kreuz Dame
- Zahl der Herz Zehnen
- Anzahl der Fehlkarten in den drei Fehlfarben

Die folgende Checkliste ist nach Bedeutung geordnet, d.h. der erste Fall, der zutrifft entscheidet über die auszuspielende Karte.

1. Mit beiden Herz Zehnen spielt man
   - Trumpf, falls man die Kreuz Dame hält
   - und eine Fehlfarbe, falls man keine Kreuz Dame hat.
2. Wenn man viele Trümpfe (acht oder mehr) hat, spielt man bevorzugt Trumpf.
3. Wenn man eine Farbe stechen kann, spielt man Trumpf. Falls sich im Trumpfstich Partner oder Gegner zu erkennen geben, kann man durch Abwerfen oder Stechen und erneutes Ausspielen das Spiel zugunsten der eigenen Mannschaft beeinflussen. Ohne Kreuz Dame spielt man bevorzugt Karo Zehn aus, um das Überstechen für den Partner attraktiver zu machen.
4. Falls man eine Kreuz Dame hält und mindestens sechs Trümpfe besitzt, ist das Ausspielen von Trumpf meistens sinnvoll, besonders wenn man noch eine Herz Zehn hat. Wichtig ist dabei, möglichst wenig Augen auszuspielen, um das Überstechen mit der Herz Zehn unattraktiv zu machen.

5. Wenn man nur eine Karte in einer Fehlfarbe hat (und die Fälle 1 bis 4 dieser Checkliste treffen nicht zu), spielt man diese Karte aus. Wenn die Farbe das zweite Mal läuft, kann man wählen ob man sticht oder abwirft.

6. Falls die Fälle 1 bis 5 nicht zutreffen, sieht es finster aus: Man hat keine Kreuz Dame und jede Fehlfarbe mindestens zweimal besetzt, d.h. höchstens sechs Trümpfe. Das Ziel lautet jetzt das Ansagen von "Re", "keine 90" usw. zu verhindern, d.h. das Spiel offen zu halten, die Mannschaftsverteilung nicht aufzuklären. Daher: Keinen Trumpf ausspielen. In dieser Situation spielt man am besten seine längste Farbe.

   Begründung:

   - Es ist vorteilhaft, diese Farbe zu spielen bevor die Mannschaftsverteilung klar ist.
   - Das Stechen mehrerer Spieler hält häufig die Gegenspieler vom "Re"-Ansagen ab.
   - Falls man noch einmal das Ausspielrecht erhält, sind Karten dieser Farbe schon Hilfstrümpfe.

3.2 Das Bedienen, Stechen und Abwerfen in der Eröffnung

Dieser Abschnitt bezieht sich nur auf Fehlfarben, die zum ersten Mal gespielt werden. Der Spielpartner ist noch nicht bekannt.

3.2.1 Das Bedienen von Fehl-Assen

Wenn der Partner nicht bekannt ist, legt man gewöhnlich die Karte mit der geringsten Punktezahl in dieser Farbe. Die Chance, dass der Partner den Stich macht, ist ja nur 1:2.

Falls man von einer Karte (z.B. Könige und Zehnen) sehr viele besitzt, ist es jedoch sinnvoll, diese Karte zu legen, um sein Blatt vielseitig zu halten. Falls man z.B. nur eine Fehl-Neun besitzt, sollte man diese Neun noch aufheben, um sie gezielt der gegnerischen Mannschaft zukommen zu lassen.

3.2.2 Das Stechen von Fehl-Assen

Schwarze Farben sticht man mit einem kleinen Trumpf, bevorzugt Karo As oder Karo Zehn, da es sehr unwahrscheinlich ist, dass zweimal gestochen wird. In Hinterhand sticht man selbstverständlich ebenfalls mit Karo As oder Karo Zehn. In Herz sollte man vorsichtiger vorgehen. Falls man eine andere realistische Chance sieht, Karo As und Karo Zehn nach Hause zu bekommen, sollte man Herz mit einem Bauern stechen.

Hinweise, die das Stechen von Herz mit Karo As oder Karo Zehn nahelegen, sind

- das Ausspielen von Herz As vor den schwarzen Assen
- das Ausspielen von Herz, nachdem sich ein Spieler in Trumpf mit einem hohen Trumpf (z.B. Herz Zehn) das Ausspielrecht erkämpft hat.

Vorsicht ist geboten, wenn Herz sehr spät ausgespielt wird oder wenn kein Herz As ausgespielt wird.

Falls man als zweiter Spieler eine Fehlfarbe stechen kann, erfolgt das Überstechen so knapp wie möglich. Damit ein dritter Spieler stechen kann, muss ein Spieler alle Fehlkarten dieser Farbe haben. Das ist sehr unwahrscheinlich.

3.2.3 Das Abwerfen

In einem Stich, der zum ersten Mal läuft, wird gewöhnlich nur abgeworfen, wenn der Partner den Stich macht. Das Abwerfen, ohne zu wissen, wer den Stich macht, kann sinnvoll sein, wenn der Stich sehr wenige Augen enthält, z.B. nur ein As und zwei Neunen, und die abgeworfene Karte in Kreuz oder Pik einen Stich mit mehr Punkten verspricht.

Ein weiterer Grund für das Abwerfen, besonders in Herz-Stichen, ist die Befürchtung, dass man noch überstochen wird. Die Wahrscheinlichkeit in

Herz überstochen zu werden ist besonders hoch, wenn ein Spieler nach dem Ausspielen des Herz Asses "Kontra" bzw. "Re" angesagt hat. Dann kann es sinnvoll sein abzuwerfen.

Zusammenfassung:

Das Bedienen, Stechen und Abwerfen in der Eröffnung

Stiche, die zum ersten Mal laufen, werden mit kleinen Karten (König oder Neun) bedient.

Schwarze Fehlfarben werden mit kleinen Trümpfen, bevorzugt Karo As oder Karo Zehn, gestochen.

Die Farbe Herz wird ebenfalls mit kleinen Trümpfen, jedoch bevorzugt mit Bauern, gestochen.

Abgeworfen wird in der Eröffnung gewöhnlich nur in Stiche des Partners, in Ausnahmefällen auch in Stiche mit sehr wenig Augen.

4 Der Übergang zum Hauptspiel

Die Eröffnung war geprägt durch den Kampf um das Ausspielrecht der Fehl-Asse. Wenn alle drei Fehlfarben gespielt worden sind, bilden die Aufklärung der Mannschaftsaufteilung und das Ausspielen von Fehlfarben zum zweiten und dritten Mal den taktischen Schwerpunkt des Spiels. Da diese beiden Themen weder der Eröffnung noch dem Hauptspiel zuzuordnen sind, bilden sie in diesem Buch das Kapitel "Der Übergang zum Hauptspiel".

4.1 Die Mannschaftsaufteilung

4.1.1 Die Klärung der Mannschaftsaufteilung

Die Kenntnis der Mannschaftsaufteilung bzw. die Zuordnung einzelner Spieler als Gegner ermöglicht eine genauere Spielführung beim Ausspielen, Stechen, Überstechen und Schmieren. Besonders große Vorteile kann man erzielen, wenn man die Mannschaftsaufteilung schon kennt, während die Gegenspieler noch im Dunkeln tappen.

Die Mannschaftsaufteilung kann schon frühzeitig geklärt werden, wenn

– ein Spieler "Kontra" oder "Re" sagt

– ein Spieler eine Kreuz Dame legt.

Der Partner und die Gegner des Spielers, der sich zu erkennen gegeben hat, werden sich jetzt durch Unterstützen, d.h. Schmieren, Nicht-Abstechen oder Nicht-Überstechen oder durch Bekämpfen, d.h. zum Beispiel Überstechen oder Abstechen zu erkennen geben (s. 4.1.2).

Beispiel:

B gibt sich mit Kreuz Dame zu erkennen, C übersticht B. Daraufhin gibt D seinem Partner C das Karo As (Fuchs). Die Mannschaftsaufteilung ist geklärt.

A	B	C	D
Karo 9	*Kreuz Dame*	Herz 10	Karo As

Schwieriger wird es, wenn sich kein Spieler frühzeitig zu erkennen gibt. Dieser Fall wird im Abschnitt 4.1.4 "Verhalten bei unklaren Mannschaftsaufteilungen" näher behandelt. Völlig konfus läuft das Spiel ab, wenn ein Spieler falsche Signale gibt, z. B. seinen Partner übersticht oder den Gegnern Stiche überlässt. Diese Fälle werden in Abschnitt 4.1.3 "Irreführung der Mitspieler" diskutiert.

4.1.1.1 Ein Spieler gibt sich frühzeitig als Kontra- oder Re-Spieler zu erkennen

Falls ein Spieler "Kontra" bzw. "Re" sagt oder in den ersten Stichen eine Kreuz Dame legt, ist die Mannschaftsaufteilung meistens nach wenigen Stichen geklärt. Die Mitspieler geben durch ihre Spielweise mehr oder weniger deutliche Anzeichen für ihre Mannschaftszugehörigkeit.

Deutliche Anzeichen:

Partner ("Unterstützen")	Gegenspieler ("Bekämpfen")
Abwerfen in Fehlstiche des Partners	Fehlstiche des Gegenspielers abstechen
Nicht-Überstechen des Partners	Überstechen des Gegenspielers
Schmieren in Stiche des Partners	Wenig Augen (Neun, Bauer, König) in die Stiche des Gegenspielers geben

Selbst diese deutlichen Zeichen bieten natürlich keine hundertprozentige Sicherheit für die Mannschaftszugehörigkeit. Vollständig sicher ist die Mannschaftsaufteilung erst nach dem Zeigen der zweiten Kreuz Dame geklärt. Es kann z.B. vorkommen, dass ein Spieler den Partner in einer Fehlfarbe absticht oder in Trumpf übersticht, um ein eigenes Fehlfarben-

As auszuspielen. Das Bedienen mit einem Vollen (Zehn oder As) oder mit einer Neun in einer Fehlfarbe kann auch erzwungen sein, weil die Karte blank war.

Bevor die schwachen Anzeichen diskutiert werden, muss ein hundertprozentig sicheres Zeichen genannt werden: Das Ansagen von "keine 90", wenn der Partner "Kontra" bzw. "Re" gesagt hat. Die weiteren Vorteile des Ansagens von "keine 90" werden im Kapitel über das Ansagen von "Kontra" bzw. "Re" ausführlich besprochen.

Schwache Anzeichen:

Partner	Gegenspieler
Fehlfarbe spielen, die der Partner sticht	Fehlfarben spielen, die der Gegenspieler bisher nicht gestochen hat und wahrscheinlich bedient
Trumpf spielen, wenn der Partner "Kontra" bzw. "Re" gesagt hat	Fehlfarbe spielen, wenn der Gegenspieler "Kontra" bzw. "Re" gesagt hat
Keine Neunen in die Stiche des Partners (mindestens Bauern oder Könige)	Neunen in Stiche des Gegenspielers

Bei der Bewertung dieser schwachen Anzeichen muss natürlich auch die Spielstärke des jeweiligen Mitspielers berücksichtigt werden. Bei einem schwächeren Spieler kann man aus der Wahl der gespielten Fehlfarbe keinen Schluss auf die Mannschaftsaufteilung ziehen.

Alle oben aufgeführten Anzeichen lassen sich natürlich auch auf alle weiteren Spieler übertragen, die sich zu erkennen gegeben haben.

Beispiel 1:

Spieler A hat "Re" gesagt.

A	B	C	D
Kreuz As	Kreuz 10	Karo As	Kreuz 10

Überlegung von Spieler D (kein Re-Spieler): B schmiert Kreuz Zehn in das As von A. B wird wahrscheinlich Partner von A sein. C sticht den Re-Spieler ab, also ist C mein Partner. D gibt C also eine Zehn und macht den Doppelkopf voll, weil er auch kein Re-Spieler ist. Aus diesem Stich können jetzt natürlich auch die Spieler A, B und C relativ sicher die Mannschaftsaufteilung ableiten.

Falls man trotz vieler Anzeichen die Mannschaftsaufteilung noch nicht sicher kennt, kann das Ausspielen einer Fehlfarbe zum zweiten Mal helfen. Jetzt lässt sich exakt feststellen, wer beim ersten Mal freiwillig geschmiert oder eine Neun gelegt hat. Diese Methode bietet den guten Spielern die Möglichkeit, die Mannschaftsaufteilung frühzeitig genau zu kennen, während schwächere Spieler oft nicht darauf geachtet haben, was die Mitspieler beim ersten Mal in dieser Farbe gelegt haben.

Beispiel 2:

Spieler A hat "Re" gesagt und hat keine weiteren vollen Kreuz.

	A	B	C	D
1. Stich	***Kreuz As***	Kreuz 10	Kreuz König	Kreuz 9

A vermutet, dass er mit B spielt.

Vier Stiche später. A spielt nochmals Kreuz, um die Mannschaftsaufteilung sicher zu klären.

	A	B	*C*	D
5. Stich	***Kreuz König***	Herz Bauer	***Kreuz 9***	Kreuz As

A erkennt, dass B die Kreuz Zehn im ersten Stich nicht freiwillig geschmiert hat. C hat im ersten Stich den König geschmiert, die Kreuz Neun von C im fünften Stich zeigt, dass C der Partner von A ist, während D im ersten Stich nur die Neun gelegt hat, obwohl er das Kreuz As hatte.

4.1.1.2 Kein Spieler gibt sich frühzeitig als Kontra- oder Re-Spieler zu erkennen

Dieser Fall tritt auf, wenn mehrfach Trumpf gespielt wird, ohne dass eine Kreuz Dame fällt.

Beispiel 1:

A	B	C	D
Karo 9	Karo König	Karo Dame	Herz Dame

Dieser Stich lässt kaum Schlüsse auf die Mannschaftszugehörigkeit zu. Die Tatsache, dass D den Stich macht, ist ein schwaches Anzeichen dafür, dass D ein Re-Spieler ist. Die Karo Dame von C ist ein schwaches Anzeichen, dass C keine Kreuz Dame hat.

Falls mehrere Stiche dieser Art laufen, erhärtet sich der Verdacht, dass der Ausspieler (in diesem Beispiel Spieler A) und der Hinterhandspieler (in diesem Fall Spieler D) die Kreuz Damen haben. Diese beiden Spieler mussten ihre Kreuz Damen nicht legen: Das Ausspielen der Kreuz Dame macht keinen Sinn und in Hinterhand muss man die Kreuz Dame ebenfalls nicht nehmen, wenn ein kleinerer Trumpf ausreicht, um den Stich zu machen.

Das Geheimnis der Herz Dame

Neben den vielen anderen Geheimnissen, die die Herz Damen dieser Welt umgeben, besitzt auch die Herz Dame im Doppelkopfspiel ein Geheimnis:

Beispiel 2:

Spieler D ist Kontra-Spieler. Die Mannschaftsaufteilung ist noch völlig ungeklärt.

A	B	C	D
Karo 9	Karo König	Herz Dame	Karo 10

Überlegung von Spieler D: C legt eine Herz Dame, weil er glaubt, dass D die Kreuz Dame hat. Wenn C selbst die Kreuz Dame hätte, hätte er die Kreuz Dame gelegt, um zu vermeiden, dass die zweite Kreuz Dame ihn übersticht. Also hat C keine Kreuz Dame und Spieler D schmiert Karo Zehn.

D geht also davon aus, dass ein Spieler mit Kreuz Dame die Kreuz Dame spielt, bevor er Herz Dame oder Pik Dame spielt. Diese Überlegung ist natürlich nur richtig, solange der zweite Re-Spieler nicht bekannt ist. Falls in den beiden letzten Beispielen Spieler A "Re" gesagt hätte, wäre Spieler C im Spielen seiner Damen völlig frei, da er weiß, dass nur noch Gegner hinter ihm sitzen.

Das Geheimnis der Herz Dame beim Doppelkopf besteht also darin, dass der Spieler, der sie in Mittelhand legt (ohne dass ein Kontra- oder Re-Spieler bekannt ist), keine Kreuz Dame hat. Ein Geheimnis ist es auch deshalb, weil viele schwache Spieler diese Regel nicht kennen, nicht anwenden und nicht zur Klärung der Mannschaftsaufteilung nutzen.

Anzeichen für die Aufklärung der Mannschaftsaufteilung, falls noch nicht alle Fehlfarben gespielt wurden.

- Ausspielen einer Fehlkarte, falls noch nicht alle Fehlfarben gelaufen sind.
  Dieses Zeichen deutet mit hoher Wahrscheinlichkeit auf einen Kontra-Spieler hin, der fürchtet, dass in Trumpf die Kreuz Damen den Stich machen und das Ausspielrecht erhalten. Durch das Ausspielen der Fehlkarte kann er seinem Partner das Ausspielrecht verschaffen, sofern der Partner diese Fehlfarbe sticht.
- Auch das Ausspielen einer kleinen Fehlkarte in der Fehlfarbe, die noch gar nicht gelaufen ist, ist meistens ein sicherer Hinweis auf einen Kontra-Spieler.
- Das Nicht-Spielen der Kreuz Dame in Mittelhand.
  Falls einer der Mittelhandspieler (Spieler B oder C) eine Kreuz Dame hätte und gleichzeitig ein As in einer Fehlfarbe, die noch nicht gelaufen ist, wäre es ein Fehler, die Kreuz Dame nicht zu legen. Lediglich ein Doppel-As oder gar kein As wären ein Grund, die Kreuz Dame in dieser Situation in Mittelhand zu schonen.

Beispiel 3:

Die Fehlfarbe Kreuz ist noch nicht gelaufen, A spielt Trumpf aus.

A	B	C	D
Karo 9	Karo König	Karo Dame	Karo 10

Spieler D hat ein Kreuz As und ist Kontra-Spieler. Aus diesem Stich kann D schließen, dass B oder C das andere Kreuz As haben, A hätte es sonst ausgespielt. Weder Spieler B noch Spieler C spielen eine Kreuz Dame, obwohl einer von beiden das Kreuz As hat. Daraus folgt, dass das andere Kreuz As und die Kreuz Dame nicht auf einer Hand sitzen, der Partner von D hat das andere Kreuz As. Entweder B hat die Kreuz Dame und C das Kreuz As oder umgekehrt.

In diesem Beispiel spekuliert D darauf, dass C sein Partner ist und überlässt C den Stich. Falls C jetzt das Kreuz As spielt, weiß D sicher, dass C sein Partner ist. Falls C nicht das Kreuz As spielt, weiß D, dass C seine Kreuz Dame geschont hat und somit sein Gegenspieler ist.

Zusammenfassung:
Die Aufklärung der Mannschaftsaufteilung

- Falls ein Spieler sich als Kontra- oder Re-Spieler zu erkennen gibt, kann die Mannschaftsaufteilung aus dem Verhalten der anderen Spieler gegenüber diesem Spieler abgeleitet werden:
  Der Partner unterstützt ihn (Schmieren, Nicht-Stechen).
  Die Gegner bekämpfen ihn (Nicht-Schmieren, Abstechen).
- Falls sich kein Spieler zu erkennen gibt, können aus dem Nicht-Spielen der Kreuz Dame Schlüsse gezogen werden:
  Ein Spieler, der mehrfach in Hinterhand Trumpfstiche macht, ist vermutlich Re-Spieler.
  Ein Spieler, der mehrfach in Mittelhand keine Kreuz Dame spielt, ist vermutlich Kontra-Spieler.

4.1.2 Das sinnvolle Zurückhalten der Kreuz Dame

Falls man als Re-Spieler seinen Partner schon kennt, kann man die Kreuz Dame, wie in Abschnitt 4.1.1.2 bereits angesprochen, jederzeit zurückhalten und z.B. durch andere Damen ersetzen, sofern der Partner in diesem Stich nicht mehr hinter einem kommt.

Sinnvoll ist in dieser Situation das Spielen der Pik Dame, um mit der Kreuz Dame in einem späteren Stich die andere Pik Dame übernehmen zu können.

Beispiel 1:

Spieler A hat "Kontra" gesagt, Spieler B hat Kreuz Dame bereits gespielt, Spieler C hat die andere Kreuz Dame.

A	***B***	***C***	D
Herz Bauer	***Karo 10***	***Pik Dame***	Karo König

C kann die Kreuz Dame schonen, da hinter ihm nur ein Gegenspieler sitzt. B kannte seinen Mitspieler bisher nicht. Aus diesem Stich kann Spieler B (und auch Spieler A) schließen, dass Spieler C die andere Kreuz Dame hat. Falls D die Kreuz Dame gehabt hätte, hätte er sicher die Pik Dame überstochen.

Beispiel 2:

Spieler D hat "Re" gesagt.

A	B	***C***	***D***
Karo König	Pik Bauer	***Karo 10***	***Kreuz Bauer***

Spieler C hat die andere Kreuz Dame. Um seinem Partner D zu signalisieren, dass er auch Re-Spieler ist, schmiert er die Karo Zehn. Das Schmieren von Karo As hätte den gleichen Zweck erfüllt. Er gibt sich dem Partner zu erkennen, ohne die Kreuz Dame sinnlos zu opfern. Außerdem kommt er so beim nächsten Stich in Hinterhand, was weitere Vorteile hat.

Nicht besonders gut wäre das knappe Überstechen des Pik Bauern z.B. mit der Karo Dame, da sein Partner in Unkenntnis der Mannschaftsaufteilung wahrscheinlich noch einmal überstechen würde.

Beispiel 3:

Spieler A hat "Re" gesagt.

A	*B*	C	D
Karo 9	***Karo Dame***	Karo Bauer	Karo König

B hält die Kreuz Dame zurück, da der Stich zu wenig Augen enthält.

Zusammenfassung:
Das sinnvolle Zurückhalten der Kreuz Dame

In Hinterhand oder falls der Partner vor ihm ausgespielt hat, darf ein Re-Spieler die Kreuz Dame durch eine andere Dame ersetzen.

4.1.3 Die Irreführung der Mitspieler

Unter Irreführung der Mitspieler versteht man eine Spielweise, die die Mannschaftsaufteilung sehr lange unklar lässt oder den Mitspielern sogar eine falsche Mannschaftsaufteilung vortäuscht. Diese Spielweise ist jedoch meistens wenig erfolgreich, da möglichen Vorteilen viele schwerwiegende Nachteile gegenüberstehen.

Zum einen muss man irgendein Opfer bringen (z.B. dem Gegner schmieren, dem Gegner einen Stich überlassen oder den Partner überstechen). Ob die anschließend erzielten Vorteile dieses Opfer aufwiegen, ist unsicher.

Zum anderen wird man in anderen Spielen aufgrund des Vertrauensverlustes bei den Mitspielern für diese Spielweise bezahlen. In unklaren Spielsituationen sind die Mitspieler dann weniger bereit, zu schmieren, den Fuchs zu geben oder nicht zu überstechen.

Es gibt jedoch einige Fälle in denen die Irreführung der Mitspieler sinnvoll sein kann.

4.1.3.1 Vermeidung einer frühzeitigen Mannschaftsaufklärung

Wenn die eigenen Karten bzw. die Karten der eigenen Mannschaft sehr schlecht sind, ist es sinnvoll, die Mannschaftsaufteilung so lange wie möglich unklar zu halten. Die Gegenspieler können die Schwächen der eigenen Mannschaft dann nicht so schamlos ausnutzen, sondern müssen sich vielleicht das eine oder andere Mal sogar gegenseitig überstechen.

Beispiel:

A sagt "Re" und spielt Kreuz zum ersten Mal aus, D hat die andere Kreuz Dame.

A	B	C	***D***
Kreuz As	Karo As	Herz Bauer	***Kreuz 9***

D weiß, dass seine Mannschaft alle Kreuz hat. Deshalb wird D alles daran setzen, bei B und C den Eindruck zu erwecken, dass er Kontra-Spieler ist, damit sich B und C in Kreuz weiterhin überstechen.

4.1.3.2 Irreführung der Mitspieler aufgrund von Engpässen in den eigenen Karten

Es gibt eine Reihe von Fällen, in denen man gezwungen ist, den Partner zu überstechen oder gezwungen wird, den Gegnern Punkte oder Stiche zu überlassen

Beispiel 1:

A	B	***C***	D
Kreuz As	Kreuz König	***Karo As***	Kreuz 10

C sticht den Partner A in Kreuz ab, um sein Pik As zu spielen. Die drei Mitspieler glauben jedoch, dass C ein Kontra-Spieler ist. Es wäre also möglich, dass D auf das Pik As von C abwirft, obwohl er stechen könnte.

Beispiel 2:

A	***B***	C	***D***
Karo König	***Herz Bauer***	Pik Bauer	***Karo 10***

Spieler B hat "Re" gesagt. D kann den Pik Bauern nur mit Kreuz Dame übernehmen. Um diese Trumpf-Schwäche zu verbergen und die Kreuz Dame zu schonen, erweckt er den Eindruck, dass er Kontra-Spieler ist. Das heißt, dass sowohl A als auch C ihm Stiche überlassen oder auch schmieren werden. Wichtig für D ist es jedoch zu vermeiden, dass sein Partner B ihn überstechen kann, oder dass Partner B einem anderen Spieler, z.B. Spieler A, als vermeintlichen Partner Stiche überlässt.

Dieses Beispiel zeigt auch, wie turbulent das Spiel noch verlaufen kann:

Spieler A glaubt, er spielt mit D,

Spieler B glaubt, er spielt mit A,

Spieler C glaubt, er spielt mit D,

und Spieler D weiß, er spielt mit B.

Beispiel 3:

Es sind noch keine Kreuz Damen gefallen. Kein Spieler kennt die Mannschaftsaufteilung, obwohl schon mehrfach Trumpf gespielt wurde.

A	B	C	D
Herz Bauer	Kreuz Dame	Herz 10	Karo As (Fuchs)

C hatte nur noch drei hohe Trümpfe: Pik Dame, Kreuz Dame und Herz Zehn. Er spielt die Herz Zehn, um die Gegenspieler zu täuschen. Das Opfer, die Herz Zehn statt der Pik Dame zu nehmen, ist gering. In diesem Beispiel fängt er den Fuchs eines Gegenspielers und bringt seinen Partner in Hinterhand. Der einzige Nachteil besteht darin, dass Partner B glaubt, dass A Re-Spieler ist. Dieser Irrtum lässt sich jedoch durch Ausspielen der Kreuz Dame sofort aufklären.

Beispiel 4:

A	B	C	D
Herz As	Herz 9	Herz 9	Pik 9

Spieler A hat "Re" gesagt. D überlässt A einen Stich, um ihn zu täuschen. Außerdem hofft er, in Pik einen Stich mit deutlich mehr Augen zu machen.

Zusammenfassung:
Die Irreführung der Mitspieler

- Die Irreführung der Mitspieler sollte nur im Notfall angewendet werden, um einen Vertrauensverlust in weiteren Spielen zu verhindern.
- Bei sehr schlechten Karten ist es sinnvoll, die Mannschaftsaufteilung im Unklaren zu lassen oder sogar eine falsche Mannschaftsaufteilung vorzutäuschen.
- Durch eine besondere Kartenkonstellation kann man gezwungen sein, den Partner zu überstechen oder den Gegnern einen Stich zu überlassen und damit eine falsche Mannschaftsaufteilung vorzutäuschen.

4.1.4 Verhalten bei unklaren Mannschaftsaufteilungen

Unklare Mannschaftsaufteilungen nützen meistens den Mannschaften mit schlechten Karten, da die Spieler mit den guten Karten sich bekämpfen werden. Wenn die Spieler mit guten Karten wissen, dass sie zusammen spielen, können sie durch geschicktes Ausspielen, Stechen und Abwerfen das Spiel weiter zu ihren Gunsten beeinflussen.

Regeln für Spieler mit guten Karten:

- Die Mannschaftsaufteilung früh klären.
- Sich selbst frühzeitig zu erkennen geben, um die volle Unterstützung des Partners zu erhalten.
- Keine Stiche und Augen dem Zufall überlassen.

Regeln für Spieler mit schlechten Karten:

- Die Mannschaftsaufteilung ungeklärt lassen.
- Schwachpunkte (z.B. lange Fehlfarben) loswerden, bevor die Mannschaftsaufteilung klar ist.
- Möglichen Partnern auch mal Zehnen und Asse schmieren.

Zum Abschluss noch ein Ratschlag für den Fall, dass man auch nach dem letzten Stich noch nicht weiß, mit wem man eine Mannschaft gebildet hat:

Die eigenen Stiche (falls man welche gemacht hat) vorsichtig von der Tischkante etwas in Richtung Tischmitte schieben und dann darauf achten, welche Spieler ihre Stiche zusammenwerfen bzw. welcher Spieler seine Stiche zu den eigenen dazulegt. Das Beobachten des Zusammenlegens der Stiche nach dem Spiel ist die letzte Möglichkeit zur unauffälligen Ermittlung der Mannschaftsaufteilung.

Zusammenfassung:
Verhalten bei unklaren Mannschaftsaufteilungen

Spieler mit guten Karten:

- Mannschaftsaufteilung frühzeitig klären
- nichts riskieren, keine Augen und keine Stiche verschenken

Spieler mit schlechten Karten:

- Mannschaftsaufteilung im unklaren lassen
- Schwachpunkte vor Aufklärung der Mannschaftsaufteilung loswerden
- möglichen Partnern schmieren

4.2 Fehlfarben zum zweiten und dritten Mal

Das richtige Vorgehen beim Ausspielen, Stechen und Abwerfen von Fehlfarben, die zum zweiten oder dritten Mal laufen, ist neben der Klärung der Mannschaftsaufteilung einer der wichtigsten Voraussetzungen für ein erfolgreiches Spiel.

Diese Fehlstiche sind besonders reich an Augen, zugleich ist das Risiko, dass mehrere Spieler nicht mehr bedienen, sehr hoch.

Im folgenden Abschnitt wird gezeigt, wie man der eigenen Mannschaft möglichst viele Stiche und Augen sichert:

- durch Ausspielen von Trumpf
- durch Ausspielen der richtigen Fehlfarbe
- durch richtiges Abstechen
- durch richtiges Abwerfen

4.2.1 Das Ausspielen von Trumpf

Wenn alle Fehlfarben einmal gelaufen sind, entfällt der Zwang, als Erster ein Fehlfarben-As zu spielen und es kann sinnvoller sein, Trumpf zu spielen.

Die Entscheidung, ob bevorzugt Trumpf ausgespielt wird, sollte von der Zahl der eigenen Trümpfe abgeleitet werden. Es gibt 26 Trümpfe, d.h. jeder Spieler hat im Durchschnitt 6,5 Trümpfe. Wenn man selbst acht oder mehr Trümpfe hat, sollte man bevorzugt Trumpf spielen. Durch das Trumpfspiel erzeugt man bei den Spielern mit weniger Trümpfen schnell Trumpfengpässe, d.h. die Trumpfanzahl ist so gering, dass kaum Auswahl beim Bedienen, Stechen oder Überstechen besteht.

Das genaue Vorgehen bei der Erzeugung von Trumpfengpässen wird im Abschnitt "das Einseitigkeitsprinzip im Hauptspiel" genau erläutert.

An dieser Stelle reicht es aus zu wissen, dass man seine letzte oder vorletzte Fehlkarte nicht ausspielt, wenn man überdurchschnittlich viele Trümpfe hat. Dann ist es besser, man spielt Trumpf und zwingt die anderen Spieler, ihre Fehlkarten auszuspielen.

Die logische Konsequenz aus dem Vielseitigkeitsprinzip für die Spieler mit wenig Trumpf ist selbstverständlich das Ausspielen von Fehlfarben, um Engpässe in Trumpf zu vermeiden. Bei der Auswahl der Fehlkartenfarbe hilft das Einseitigkeitsprinzip. Man spielt bevorzugt die Fehlfarben, die die Gegenspieler noch haben könnten. Mit dieser Spielweise erzeugt man bei den Spielern mit vielen Trümpfen einen Fehlkartenengpass. Ein Spieler, der Volltrumpf hat, muss die Fehlstiche des Partners abstechen, weil er keine Fehlkarten zum Abwerfen hat.

Beispiel:

Alle drei Fehlfarben sind einmal gelaufen. Re-Spieler B hat nur noch einen Pik König.

A	***B***	C	***D***
Pik 10	***Pik König***	Karo 10	***Pik 9***

A erzeugt bei B einen Fehlkartenengpass, B hat jetzt Volltrumpf. Zugleich hat A seinem Partner C noch einen billigen Pik-Stich verschafft, bevor B die Möglichkeit hatte, den Pik König abzuwerfen.

Im nächsten Stich spielt C Kreuz aus.

C	***D***	A	***B***
Kreuz 10	***Pik Bauer***	Kreuz 9	***Karo As***

B muss Trumpf legen, obwohl der Stich bereits seinem Partner gehört. Wäre Pik nicht vorher gelaufen, hätte er in diesem Stich seinen Pik König abwerfen können.

Dieses Beispiel zeigt auch, dass es ein grober Fehler gewesen wäre, wenn B selbst seine letzte Fehlkarte ausgespielt hätte (Verstoß gegen das Vielseitigkeitsprinzip), um endlich Volltrumpf zu haben. Es ist viel besser, diese Karte zum gezielten Abwerfen, z.B. in einen Stich des Partners, aufzuheben.

Zusammenfassung:

Das Ausspielen von Trumpf

Wenn man acht oder mehr Trümpfe hat, sollte man bevorzugt Trumpf ausspielen.

4.2.2 Die Verteilung der verbleibenden Fehlkarten

Die Kenntnis über die Anzahl und Verteilung der verbleibenden Fehlkarten (siehe auch Kapitel 10: Über das Zählen) ist die Grundlage für das optimale Vorgehen bei den Fehlfarbenstichen zum zweiten oder dritten Mal.

Aus jedem Fehlstich lassen sich Rückschlüsse auf die Verteilung der restlichen Fehlkarten ziehen. Besonders einfach ist die Situation, wenn ein Spieler beim ersten Mal schon sticht. Aber auch aus ganz gewöhnlichen Stichen lassen sich viele Schlüsse ziehen.

Es folgen drei Beispiele mit noch unbekannter Mannschaftsaufteilung:

Beispiel 1:

A	B	C	D
Pik As	Pik 10	Pik König	Pik 9

Analyse aus Sicht von Spieler D:

D hält noch Pik As und Pik Zehn in der Hand. B wird die Pik Zehn blank gehabt haben, d.h. B wird Pik beim zweiten Mal stechen. Da C den König gibt, hat A wahrscheinlich noch die Pik Neun. Offen ist nur, ob A oder C den noch fehlenden König hält. Falls A das Pik As als erstes Fehl-As ausgespielt hat, wird C mit größerer Wahrscheinlichkeit den König halten. Falls A vor dem Pik As bereits Kreuz As oder sogar Herz As ausgespielt hat, wird A wahrscheinlich den zweiten König halten.

Allgemein kann man aus dem Ausspielen des Herz Asses vor einem schwarzen As schließen, dass der Spieler das schwarze As mit mindestens zwei Fehlkarten besetzt hat. Einzige Ausnahme bildet das schwarze Doppel-As. Aber auch dann wird der Spieler mindestens einmal diese Farbe bedienen.

Beispiel 2:

A	B	C	D
Pik As	Karo As	Pik 10	Pik 10

Analyse der Spieler B, C und D:

Da C und D den Doppelkopf nicht freiwillig gemacht haben, wird A noch die beiden Pik Könige und die beiden Pik Neunen haben. Das zweite Pik As wird C oder D haben. B muss also beim zweiten Mal damit rechnen, dass entweder C oder D auch stechen können.

Beispiel 3:

A	B	C	D
Pik As	Karo As	Pik As	Pik König

Analyse aus Sicht von Spieler B:

C kann beim nächsten Mal auch stechen, A hat noch mindestens eine Pik Neun.

Anmerkung: (siehe auch Abschnitt 5.7.2 "Die Gegner einschüchtern")

Spieler C kann B auch durch das freiwillige Opfern des Pik Asses zu diesem Schluss veranlassen. Auch wenn C noch weitere Pik in der Hand hält, erreicht er damit, dass Spieler B beim nächsten Mal hoch einsticht, da er mit dem Überstechen von C rechnet.

In den beiden nächsten Beispielen ist die Mannschaftsaufteilung bereits teilweise bekannt.

Beispiel 4:

A	B	C	D
Pik As	Pik 9	Pik 9	Pik 10

Spieler A hat "Re" gesagt. D ist Kontra-Spieler. Aus diesem Stich kann D schließen, dass der zweite Re-Spieler (B oder C) die Farbe beim zweiten Mal sticht.

A wird vermuten, dass D sein Partner ist. In diesem Beispiel ist das ein Fehlschluss. durch ein zweites Ausspielen dieser Fehlfarbe, z.B. durch Spieler A, lässt sich der Partner eindeutig klären.

Beispiel 5:

A	B	C	D
Pik As	Pik König	Pik König	Pik 10

Spieler A hat "Re" gesagt. Analyse aus Sicht von Spieler B, C und D:

Die Re-Spieler haben noch beide Neunen. Falls z.B. A und D je eine Pik Neun haben, wäre es von beiden ein grober Fehler, Pik zu spielen. Die Re-Mannschaft muss bestrebt sein, eine Pik Neun in einer anderen Farbe abzuwerfen.

Weitere Schlüsse über die Verteilung der restlichen Fehlkarten lassen sich aus der Reihenfolge der von einem Spieler ausgespielten Fehlfarben-Asse ziehen. Auch aus den Assen, die ein Spieler nicht ausspielt (weil er sie nicht hat), und aus den Karten, die ein Spieler abwirft, lassen sich Schlüsse auf die Verteilung der Fehlkarten ziehen:

- Ein Spieler wird seine blanken oder wenig besetzten Fehl-Asse zuerst spielen. Als einzige Ausnahme ist das Doppel-As zu beachten: Falls ein Spieler das Doppel-As hat, wird auch ein mehrfach besetztes As zuerst gespielt.

- Falls ein Spieler Trumpf spielt, ist klar, dass er in den noch nicht gespielten Fehlfarben kein As hält (Ausnahme Doppel-As).
- Falls ein Spieler eine Fehlfarbe abwirft, ist die Wahrscheinlichkeit hoch, dass er diese Fehlfarbe das nächste Mal sticht.

Auf der Grundlage dieser Informationen wird man jetzt versuchen, der eigenen Mannschaft möglichst viele der weiteren Fehlstiche zu sichern.

Zusammenfassung:
Die Verteilung der verbleibenden Fehlkarten

Aus der Höhe der Fehlkarten beim Bedienen einer Fehlfarbe wird auf die Verteilung der weiteren Fehlkarten geschlossen.

Anzeichen für das Stechen einer Fehlfarbe beim zweiten Mal:

- Das Bedienen eines Asses in einem Stich der Gegenmannschaft.
- Das Bedienen einer Neun in einem Stich des Partners.
- Das Abwerfen einer Fehlkarte.

4.2.3 Das Ausspielen von Fehlfarben zum zweiten Mal

Wenn man weniger als sieben Trümpfe hat, kann es erforderlich sein, Fehlfarben auszuspielen, um Trumpfengpässe zu vermeiden.

Das Vorgehen bei der Wahl der Fehlfarbe wird durch zwei Hauptziele bestimmt:

1. Vermeiden, dass die Gegenspieler Fehlfarben niedrig stechen oder abwerfen können.
2. Erreichen, dass die eigene Mannschaft Fehlfarben niedrig stechen oder abwerfen kann.

Um das erste Ziel zu erreichen, spielt man Trumpf oder Fehlfarben, die die Gegenspieler mit hoher Wahrscheinlichkeit bedienen (z.B. schwarze Fehlfarben).

Um das zweite Ziel zu erreichen, spielt man die Fehlfarbe, die der Partner stechen kann.

Falls man selbst eine Farbe stechen kann, sollte man zur Sicherheit Trumpf spielen, um zu vermeiden, dass die Gegenspieler Karten dieser Farbe abwerfen.

Besondere Vorsicht ist beim Ausspielen von Herz geboten. Da es nur sechs Fehlkarten in Herz gibt, ist Herz die klassische Farbe zum Abwerfen. Ein weiterer Anreiz zum Abwerfen einer schwarzen Fehlkarte in Herz ist die geringe Augenzahl der Herz-Stiche aufgrund der fehlenden Zehnen.

Die konkrete Umsetzung dieser Ratschläge für das Ausspielen wird in den nächsten beiden Abschnitten behandelt.

4.2.3.1 Das Ausspielen von Fehlfarben, wenn die Mannschaftsaufteilung noch nicht bekannt ist

- Wenn man eine schwarze Fehlfarbe stechen kann, ist die Gefahr des Abwerfens der Gegenspieler beim Ausspielen der anderen schwarzen Fehlfarbe gering, da jeder Spieler jetzt versucht, diesen Fehlstich selbst zu machen. Das Ausspielen eines Vollen (As oder Zehn) verringert ebenfalls die Wahrscheinlichkeit, dass ein Spieler abwirft.

  Wenn man eine schwarze Fehlfarbe stechen kann, sollte man jedoch das Ausspielen von Herz zum zweiten Mal unbedingt vermeiden.

- Wenn man Herz stechen kann, spielt man seine längste schwarze Farbe. Auch hier verringert das Ausspielen von Vollen die Gefahr, dass abgeworfen wird.
  Die kurze schwarze Farbe spielt man nicht, da man diese Farbe eventuell auf Herz abwerfen kann.

- Wenn man keine Fehlfarbe stechen kann, spielt man auch seine längste Farbe. Man versucht damit zu erreichen, dass diese Farbe mehrmals gespielt wird, bevor die Mannschaftsaufteilung geklärt ist und die Gegenspieler daraus Vorteile ziehen können.

4.2.3.2 Das Ausspielen von Fehlfarben, wenn der Partner bekannt ist

4.2.3.2.1 Der Partner sticht eine Fehlfarbe

Man spielt die Fehlfarbe, die der Partner stechen kann, sofern man sicher ist, dass kein anderer Spieler sticht. Selbstverständlich wählt man in dieser Fehlfarbe die Karte mit der höchsten Augenzahl. Wenn man das As spielt, hat der Partner zusätzlich die Möglichkeit, eine andere Fehlfarbe abzuwerfen.

Falls man sich nicht sicher ist, ob noch weitere Spieler diese Fehlfarbe stechen können, wird die Entscheidung, ob man diese Fehlfarbe ausspielen soll, schwieriger.

Sitzt der Partner in Hinterhand, sollte man diese Fehlfarbe trotzdem spielen. Aufgrund der Hinterhandposition des Partners können die Gegner keinen Vorteil aus dem Stechen dieser Farbe ziehen. Der Partner in Hinterhand hat jedoch die freie Wahl zwischen dem Überstechen des gegnerischen Trumpfes oder dem Abwerfen einer Fehlkarte.

Beispiel 1:

	A	***B***	***C***	D
	Pik 10	***Pik Dame***	***Pik König***	Kreuz Dame
oder	Pik 10	***Herz 10***	***Pik König***	Kreuz 9

Falls A diese Farbe nicht spielt und C erhält irgendwann das Ausspielrecht, kommt B in dieser kritischen Fehlfarbe in die vorteilhafte Hinterhandposition.

Beispiel 2:

	C	D	A	*B*
	Pik König	Kreuz Dame	Pik 10	***Herz 10***
oder	***Pik König***	Kreuz Dame	Pik 9	***Kreuz 9***

In diesem Beispiel hat der Spieler C seinen Gegenspieler in die unkomfortable zweite Position gebracht.

Das letzte Beispiel zeigt, dass es völlig falsch ist, eine kritische Fehlfarbe zu spielen, wenn der Partner in 2. Position sitzt. Die Gegenspieler könnten aus ihrer gemeinsamen Hinterhandposition (der Spieler in dritter Position sitzt praktisch auch schon in Hinterhand) große Vorteile ziehen.

In dieser Situation ist es häufig besser, Trumpf zu spielen. Fehlfarben, die die Gegenspieler sicher oder möglicherweise stechen, sollten in dieser Konstellation (Partner an zweiter Stelle) möglichst nicht gespielt werden.

Falls durch das Ausspielen von Trumpf ebenfalls Nachteile drohen, z.B. weil man sehr wenig Trumpf hat, spielt man doch die Fehlfarbe, die der Partner stechen kann, wählt allerdings die Karte mit der kleinsten Augenzahl, z.B. eine Neun oder einen König. Die kleine Augenzahl ist eine Warnung an den Partner. Sie zeigt, dass man die Wahrscheinlichkeit hoch einschätzt, dass die Gegenspieler den Stich machen. Der Partner kann dann entsprechend vorsichtig stechen, z.B. mit einem schwarzen Bauern oder einer roten Dame.

4.2.3.2.2 Die gegnerische Mannschaft kann eine Fehlfarbe stechen

In diesem Fall muss man vermeiden, dass die Gegenspieler in dieser Fehlfarbe mit kleinen Trümpfen Stiche machen und / oder andere Fehlkarten abwerfen.

Dies erreicht man durch Ausspielen der beiden anderen Fehlfarben. Jetzt besteht zum einen die Chance, in diesen beiden Fehlfarben Stiche zu machen, bevor es dem Gegner gelingt, Fehlkarten in dieser Farbe abzuwerfen. Andererseits besteht auch die Möglichkeit, die Fehlfarbe abzuwerfen, die die Gegenspieler stechen können.

Falls der Partner in Hinterhand sitzt, wählt man die Fehlfarbe, die mit höchster Wahrscheinlichkeit gestochen wird (z.B. Herz). Falls der Partner direkt hinter einem sitzt, wählt man eine Fehlfarbe, die noch gut laufen könnte, d.h. die Fehlfarbe, in der noch die meisten Karten im Spiel sind.

4.2.3.2.3 Man selbst sticht eine Fehlfarbe

In diesem Fall muss man sicherstellen, dass die Gegenspieler nicht die Fehlfarbe, die man stechen will, abwerfen.

Die sicherste Methode, um ein Abwerfen der Gegenspieler zu verhindern, ist das Ausspielen von Trumpf.

Unbedingt vermeiden sollte man das Ausspielen von Herz zum zweiten Mal oder das Ausspielen einer sehr langen Farbe. In beiden Fällen ist die Wahrscheinlichkeit hoch, dass mehrere Spieler stechen können und eventuell den Stich zum Abwerfen nutzen.

4.2.3.2.4 Es ist offen, ob ein Spieler eine Fehlfarbe sticht

Falls die drei ersten Fehlfarbenstiche nicht gestochen wurden und auch kein Spieler eine Zehn oder ein As dazugeben musste, bleibt als Entscheidungskriterium für das Ausspielen einer Fehlfarbe nur die Sitzposition des Partners.

Sitzt der Partner in Hinterhand, sollte man eine Farbe ausspielen in der nur noch wenige Karten draußen sind, also Herz oder eine lange schwarze Farbe.

Sitzt der Partner in Mittelhand, sollte man bevorzugt die kürzeste schwarze Farbe spielen.

4.2.3.3 Das Ausnutzen der Hinterhandposition

Die letzten Abschnitte haben bereits gezeigt, dass die Hinterhandposition einen großen Einfluss auf die Wahl der auszuspielenden Fehlfarbe hat. Wenn der Partner in Hinterhand sitzt, können riskante Manöver gefahren werden, d.h. es können lange Farben oder Farben, in denen unklar ist wer sticht oder wer bedient, ausgespielt werden. Das Ausspielen dieser Fehlfarben ist dagegen ein grober Fehler, wenn der Partner direkt hinter einem sitzt.

Zur Verdeutlichung einige Beispiele:

Beispiel 1:

A weiß nicht, ob sein Partner D noch Kreuz hat.

A	***B***	***C***	D
Kreuz König	***Kreuz Dame***	***Pik 9***	Kreuz 9

Da D in Hinterhand sitzt und droht, den Stich eventuell zu überstechen, muss B relativ hoch stechen. C traut sich aus dem gleichen Grund nicht, einen Vollen zu schmieren.

Hätte D Kreuz ausgespielt, wäre die Gegenmannschaft in der vorteilhaften Hinterhandposition.

Beispiel 2:

D	A	***B***	***C***
Kreuz 9	Kreuz König	***Karo As***	***Pik 10***

Dieses Beispiel zeigt deutlich, dass es nachteilig ist, riskante Fehlfarben auszuspielen, wenn der Partner nicht in Hinterhand sitzt.

Beispiel 3:

A	*B*	*C*	D
Kreuz As	***Herz Bauer***	***Kreuz König***	Pik Bauer

D macht den Stich bequem in Hinterhand. Falls C Kreuz ausgespielt hätte, wäre B in der Hinterhandposition gewesen.

Beispiel 4:

In Hinterhand kann man sein Karo As (Fuchs) auch in Fehlfarben, die zum zweiten Mal laufen, sicher nach Hause bringen.

A	*B*	*C*	D
Herz König	***Herz König***	***Herz As***	Karo As

D hat bereits beim ersten Mal gestochen. Hätte C Herz As ausgespielt, hätte D es niemals riskiert, mit dem Karo As zu stechen.

Beispiel 5:

Der Spieler in Hinterhand kann risikolos in Stiche seines Partner abwerfen.

A	*B*	*C*	D
Kreuz As	***Kreuz 10***	***Kreuz 10***	Pik 10

Die Beispiele zeigen deutlich, welche Vorteile es bringt, in Hinterhand zu sitzen.

Man sollte sein Spiel also darauf ausrichten, einen Spieler der eigenen Mannschaft in die Hinterhandposition zu bringen. Dieses Spielprinzip wird im nächsten Kapitel "Das Hauptspiel" detailliert behandelt.

Zusammenfassung:
Das Ausspielen von Fehlfarben zum zweiten oder dritten Mal

Man vermeidet es, die Fehlfarben zu spielen, die die Gegenspieler stechen könnten.

Man spielt die Fehlfarben, die der Partner stechen kann.

Kritische Fehlfarben (d.h. sowohl Partner als auch Gegenspieler können diese Fehlfarbe stechen) werden nur gespielt, wenn der Partner in Hinterhand sitzt.

4.2.4 Das Stechen von Fehlfarben zum zweiten und dritten Mal

Wenn eine Fehlfarbe das zweite Mal läuft, lässt sich aus der Zahl der noch nicht gespielten Karten in dieser Farbe ableiten, wie hoch die Wahrscheinlichkeit ist, dass noch ein weiterer Spieler sticht.

Zusätzlich sind die Rückschlüsse aus den ersten Fehlstichen zu berücksichtigen (siehe Abschnitt 3.2.2 "Übergang zum Hauptspiel").

Außerdem sollte man beachten, welche Fehlkarten abgeworfen wurden und ob "Kontra" bzw. "Re" gesagt wurde. Hat ein Spieler eine Fehlfarbe abgeworfen, ist die Wahrscheinlichkeit hoch, dass er beim nächsten Mal sticht. Bei einem Spieler mit "Kontra"- oder "Re"-Ansage muss man generell damit rechnen, dass er eine Fehlfarbe beim zweiten Mal sticht.

Auf der Grundlage dieser Informationen muss über die Höhe des Einstechens oder gegebenenfalls über ein Abwerfen entschieden werden.

4.2.4.1 Die Wahrscheinlichkeit ist hoch, dass die Farbe beim zweiten Mal nur von einem Spieler gestochen wird

Dies ist nur in den schwarzen Farben der Fall, besonders wenn der Spieler schon beim ersten Mal stechen konnte (dann sind noch fünf Fehlkarten für drei Spieler im Spiel).

Daher sollten schwarze Fehlfarben, die zum zweiten Mal laufen, nur mit kleinen Trümpfen gestochen werden, sofern keine deutlichen Anzeichen

(Abwerfen dieser Farbe, As oder Zehn im ersten Stich) für das Stechen eines weiteren Spielers bestehen.

Das Einstechen mit einem hohen Trumpf ist in diesem Fall völlig falsch. Man opfert einen anderen Stich, den sonst der hohe Trumpf gemacht hätte. Selbst wenn ein weiterer Spieler hätte stechen können, droht der Verlust eines weiteren Stiches durch das Abwerfen einer Fehlkarte durch diesen Spieler.

Beispiel:

A	B	C	D
Kreuz As	Kreuz 10	Herz 10	Pik 9

Die Herz Zehn ist weg und D kann eventuell noch einen Pik-Stich machen.

Man kann das Stechen einer Fehlfarbe mit Herz Zehn auch als das Abschließen einer Versicherung gegen den Verlust dieses Stiches ansehen. Die Versicherungsprämie ist der Verzicht auf einen anderen Stich mit der Herz Zehn und der mögliche Verlust eines weiteren Fehlstiches aufgrund des Abwerfens eines Gegenspielers. Bei der Entscheidung über den Abschluss dieser Versicherung sollte man bedenken, dass die Herz Zehn immer einen Stich macht und auch fast immer einen Stich mit mindestens einem Vollen. Es kann also vorkommen, dass die Prämie höher ist als der Stich, den man versichern will. Wenn eine mindestens fünfzigprozentige Wahrscheinlichkeit besteht, dass alle anderen Spieler bedienen, sollte man sich daher die Versicherungsprämie sparen und nicht mit Herz Zehn stechen.

4.2.4.2 Die Wahrscheinlichkeit ist hoch, dass die Fehlfarbe von mehreren Spielern gestochen wird

In diesem Fall sollte man sich von den Kriterien, die im Kapitel 4 "Hauptspiel" aufgeführt sind, leiten lassen. Das heißt man sticht hoch, wenn der Stich viele Punkte enthält, wenn man das Ausspielrecht erhalten möchte oder wenn man den Partner in Hinterhand bringen möchte.

Enthält ein Stich wenig Augen und möchte man vermeiden, dass die Gegenspieler abwerfen, sollte man nur niedrig oder mittelhoch (z.B. mit Bauern oder roten Damen) stechen.

Zusammenfassung:
Das Stechen von Fehlfarben zum zweiten und dritten Mal

Man sticht Fehlfarben mit kleinen oder mittelhohen Trümpfen.

Hohe Trümpfe werden nicht bedingungslos eingesetzt, sondern nur, wenn die Vorteile dieses Stiches (hohe Augenzahl) die Nachteile (ein bis zwei Stiche weniger, da der hohe Trumpf fehlt und die Gegenspieler möglicherweise abwerfen) überwiegen.

4.2.5 Das Abwerfen

In den letzten Abschnitten wurde immer wieder auf die große Bedeutung des Abwerfens hingewiesen. Einerseits sucht man zu verhindern, dass die Gegenspieler abwerfen. Andererseits arbeitet man darauf hin, dass die eigene Mannschaft abwerfen kann. In diesem Abschnitt wird erläutert, wann es sinnvoll ist abzuwerfen und welche Fehlkarten man am besten abwirft.

Den größten Vorteil erreicht man beim Abwerfen, wenn es gelingt, eine blanke Fehlkarte abzuwerfen, so dass man die abgeworfene Fehlfarbe beim nächsten Mal stechen kann. Generell ist es natürlich von Vorteil, einen Trumpf zu schonen und die Zahl der Fehlkarten auf der Hand zu verringern.

Der Nachteil des Abwerfens muss jedoch auch genannt werden: Wenn man abwirft, kann man diesen Stich nicht mehr machen.

Daher hängt die Entscheidung, ob man abwirft, wesentlich davon ab, wer den Stich machen wird. Die Entscheidung, welche Fehlfarbe man abwirft, ist dagegen nahezu unabhängig davon, wer den Stich macht.

4.2.5.1 Die Auswahl der abzuwerfenden Fehlkarte

Viele Spieler werfen die falschen Fehlkarten ab, weil sie die Augenzahl der abgeworfenen Fehlkarte als wichtigstes Entscheidungskriterium heranziehen. Die Augenzahl ist jedoch ein untergeordnetes Kriterium. Viel wichtiger ist die Wahl der richtigen Fehlfarbe.

Für die Auswahl der Fehlfarbe gelten folgende Kriterien:

- Man wirft grundsätzlich eine Fehlfarbe ab, die der Partner noch bedienen muss.
- Falls der Partner noch beide anderen Fehlfarben bedienen muss, wählt man die kürzere Fehlfarbe, d.h. idealerweise die Fehlfarbe, in der man nur eine Karte hat.
- Falls man in beiden Fehlfarben gleich viele Karten hat, wählt man die Farbe, in der man beim Partner noch die meisten Fehlkarten erwartet. Meistens kennt man die Zahl der Fehlkarten des Partners nicht, dann wirft man die Fehlfarbe ab, in der noch die meisten Fehlkarten im Spiel sind.
- Erst wenn alle diese Kriterien nicht zu einer Entscheidung führen, wählt man die Fehlfarbe, in der man die Karte mit den meisten Augen hat (As oder Zehn), falls der Partner den Stich macht, oder die Fehlfarbe, in der man die Karte mit den wenigsten Augen (Neun oder König) hält, falls die Gegenspieler den Stich machen.

Nachdem anhand dieser Kriterien die abzuwerfende Fehlfarbe ermittelt wurde, wählt man, sofern die Karte nicht blank ist, in dieser Fehlfarbe die Karte mit der kleinsten Augenzahl für einen Stich der Gegner und die Karte mit der höchsten Augenzahl für einen Stich des Partners. Aber Vorsicht: Keine Asse abwerfen, die noch Stiche machen können. Im Zweifelsfall nur die Zehn schmieren und das As noch halten.

4.2.5.2 Die Entscheidung, ob man abwerfen soll

Die Entscheidung, ob man abwerfen soll, hängt zuerst davon ab, wer den Fehlstich macht.

4.2.5.2.1 Der Partner macht den Fehlstich

Falls der Partner den Fehlstich macht, ist das Abwerfen bis auf wenige Ausnahmen immer sinnvoll. Diese Ausnahmen sind z.B. das Retten eines Fuchses oder das Erhalten des Ausspielrechts, um eigene Asse auszuspielen.

Beispiel 1:

A	B	*C*	D
Kreuz As	Kreuz 9	***Pik 10***	Kreuz 9

Spieler A hat "Re" gesagt. C wirft ab und gibt sich zugleich dem Re-Spieler A als Partner zu erkennen.
Falls C das Pik As hat, ist es auch sinnvoll zu stechen, um dieses As zu spielen.

Eine schwierigere Variante ist das Abwerfen, wenn der Partner hinter einem sitzt. Man muss jetzt sicher sein, dass der Partner den Stich macht.

Beispiel 2:

Pik wird zum zweiten Mal gespielt. Im ersten Stich sind Pik Neun und Pik König gefallen.

A	B	*C*	*D*
Pik 9	Pik König	***Kreuz 10***	***Pik As***

C kann sicher sein, dass Partner D den Stich mit einem hohen Pik oder mit einem Trumpf machen wird.

Beispiel 3:

Herz wird zum ersten Mal gespielt.

A	B	***C***	***D***
Herz König	Herz 9	***Kreuz 10***	***Herz 9***

C ist hereingefallen. A hat das Doppel-As zurückgehalten, C hat die Asse bei seinem Partner D vermutet.

Beispiel 4:

D hat Pik beim ersten Mal gestochen.

A	***B***	C	***D***
Pik 10	***Kreuz 10***	Pik 9	***Karo 10***

B kann abwerfen, da er weiß, dass der Partner D stechen kann.

Beispiel 5:

D hat Pik beim ersten Mal gestochen (wie Beispiel 4).

A	***B***	C	***D***
Pik 10	***Karo As***	Pik 9	***Kreuz 10***

B verzichtet auf das Abwerfen, um dem Partner D die Möglichkeit zu geben, abzuwerfen.

4.2.5.2.2 Die Gegenspieler machen den Fehlstich

Falls man den Trumpf des Gegenspielers nicht mehr überstechen kann oder nicht überstechen will, da der Stich keine Augen enthält, ist ein Abwerfen nach den in Kapitel 4.2.5.1 genannten Kriterien sinnvoll.

Dabei ist es besonders schön, wenn die abgeworfene Karte eine Neun ist. Notfalls gibt man jedoch auch ein As oder eine Zehn, um diese Fehlfarbe beim nächsten Mal stechen zu können.

4.2.5.2.3 Es ist offen, welche Mannschaft den Stich macht

Bei wertlosen Stichen, d.h. Stiche ohne Zehnen und Asse, kann man vorgehen wie in Fall 4.2.5.2.2.

Beispiel 1:

A	B	C	D
Pik As	Pik 9	Pik 9	Kreuz 9

D hat die Kreuz Neun blank. Er wirft sie ab in der Hoffnung, einen besseren Stich zu machen.

Beispiel 2:

A	B	C	D
Herz König	Herz König	Herz 9	Kreuz 9

Ein Nachteil dieses Abwerfens unter Verzicht auf einen sicheren Stich ist die Tatsache, dass alle anderen Spieler jetzt wissen, dass man auch die andere Farbe sicher stechen kann. Die anderen Spieler werden in dieser Farbe mit ihren Assen und Zehnen vorsichtig umgehen und falls ein anderer Spieler auch stechen kann, ist er gewarnt und sticht entsprechend hoch. Ein weiterer Nachteil des Abwerfens in diesem Beispiel ist der Verzicht auf das Ausspielrecht.

4.2.5.3 Abwerfen in zweiter Position

Besonders schwierig ist das Abwerfen in zweiter Position. Es ist schwer vorherzusagen, welche Karten noch in den Stich fallen.

Beispiel 1:

A	B	C	D
Kreuz König	Pik 9	Karo As	Kreuz 10

An zweiter Stelle sollte man im Zweifelsfall mit einem kleinen Bauern stechen. Besonders in Fehlfarben, die zum zweiten Mal laufen, fallen häufig viele Augen, die einem beim Abwerfen entgehen.

Falls jedoch irgendwann Fehlfarben gespielt werden (z.B. eine schwarze Farbe zum dritten Mal), die von mehreren Spielen gestochen werden können, kann das Abwerfen an zweiter Position sinnvoll sein.

Beispiel 2:

A	B	C	D
Herz König	Pik König	Karo Dame	Herz Dame

In diesem Beispiel hat B nichts verpasst. Ein mittelhoher Trumpf wäre überstochen worden.

Beispiel 3:

A	B	C	D
Pik König	Kreuz 9	Pik 10	Karo As

Um zu verhindern, dass ein Fuchs so einfach nach Hause gebracht wird, muss man auch an zweiter Position mindestens mit einem Bauern stechen.

Falls alle Fehlfarben schon mehrfach gespielt wurden, ist es meistens sinnvoller zu versuchen, den Stich zu machen statt abzuwerfen und anschließend die eigene Fehlkarte als Hilfstrumpf auszuspielen.

4.2.5.4 Mannschaftsdienliches Spiel beim Abwerfen

Falls beide Spieler einer Mannschaft eine Farbe stechen können, müssen sich die Spieler entscheiden, welcher Spieler sticht und welcher Spieler abwirft.

Für die Mannschaft ist es am sinnvollsten, dass der Spieler abwirft, der eine blanke Karte in einer Fehlfarbe besitzt, die der Partner mehrfach bedienen muss.

Beispiel 1:

C hat noch zwei Fehlkarten in Kreuz.

A	B	***C***	***D***
Pik König	Pik 10	***Karo 10***	***Kreuz 10***

C verzichtet auf das Abwerfen von Kreuz, da er zwei Fehlkarten in Kreuz hat. Falls D nur eine Fehlkarte in Kreuz hat, kann die Mannschaft Kreuz das nächste Mal stechen. Hätte C abgeworfen, hätte die Mannschaft Kreuz das nächste Mal bedienen müssen.

Beispiel 2:

C hat noch eine Fehlkarte in Kreuz und zwei Fehlkarten in Pik, D kann Kreuz stechen.

A	B	***C***	***D***
Herz König	Herz 9	***Karo 10***	***Pik König***

Auch hier sticht C. Kreuz abzuwerfen ist nicht notwendig, da sein Partner Kreuz sticht. Pik abzuwerfen ist nicht sinnvoll, da er zwei Pik hat.

Jetzt ist es durchaus möglich, dass D auch zwei Fehlkarten in Pik hat. Hieraus folgt die nächste wichtige Regel: Es sollte immer der gleiche Spieler stechen und immer der gleiche Spieler abwerfen.

Beispiel 3:

Fortsetzung von Beispiel 2. Herz läuft zum dritten Mal.

A	B	*C*	*D*
Herz As	Herz 9	***Karo Dame***	***Pik 9***

C sticht nochmals, damit D seinen letzten Pik abwerfen kann.

Das scheinbar Paradoxe am mannschaftsdienlichen Spiel beim Abwerfen ist, dass der Spieler mit den vielen Fehlkarten sticht, damit der Spieler mit den vielen Trümpfen seine letzten Fehlkarten abwerfen kann.

Falls beide Spieler aus Beispiel 3 nur noch Fehlkarten in einer Farbe haben, die der Partner sticht, ist es nicht mehr zwingend notwendig, dass eine bestimmte Fehlfarbe abgeworfen wird. In dieser Situation sollte Spieler C abwerfen und Spieler D stechen, um Spieler C in die vorteilhafte Hinterhandposition zu bringen.

Zusammenfassung:

Das Abwerfen

Ziel des Abwerfens ist es zu erreichen, eine weitere Farbe stechen zu können, d.h. es werden bevorzugt blanke Fehlkarten abgeworfen.

Man wirft nur ab, wenn der Partner den Stich macht, wenn der Gegner mit zu hohem Trumpf sticht oder wenn der Stich zu wenig Augen hat.

In Mittelhand wird im Zweifelsfall nicht abgeworfen, sondern mit einem Bauern gestochen.

Lange Fehlfarben oder Fehlfarben, die der Partner sticht, werden nur im Notfall abgeworfen. Besser ist es zu stechen, um dem Partner das Abwerfen einer kurzen Farbe zu ermöglichen.

5 Das Hauptspiel

Im Hauptspiel sind alle Fehlfarben einmal oder zweimal gelaufen und die Mannschaftsaufteilung ist meistens ebenfalls geklärt. Aufgrund der hohen Gesamtzahl an Trümpfen (26 Stück) hat jeder Spieler noch große Freiheiten bei der Wahl der Karten, die er spielt. Wenn man eine große Auswahl hat, ist es jedoch besonders schwierig, die richtige Wahl zu treffen.

Im ersten Abschnitt "Einfache Regeln für das Hauptspiel" werden für den Anfänger die wichtigsten Regeln für das Hauptspiel genannt und kurz erläutert. Anschließend werden aus den bereits bekannten Grundsätzen

- Einseitigkeitsprinzip
- Hinterhandprinzip
- Vielseitigkeitsprinzip

weitere Strategien und Regeln für die im Hauptspiel zu spielenden Karten abgeleitet. Außerdem werden in diesem Kapitel noch folgende Themen vertieft behandelt:

- Mannschaftsdienliches Spiel im Hauptspiel
- Ungleichmäßige Verteilung der Karten
- Das Einschüchtern und das In-Sicherheit-Wiegen der Gegenspieler

5.1 Einfache Regeln für das Hauptspiel

Regel 1:

Stiche mit Augen machen.

Wenn die Fehlfarben zweimal gelaufen sind, gibt es außer den Herz Zehnen und Füchsen nur noch zwei Karo Zehnen und eventuell zwei Volle in den Fehlfarben.
Wenn ein Stich mit einer vollen Karte kommt, sollte man versuchen den Stich mit einem hohen Trumpf zu machen.

Regel 2:

Trümpfe ausspielen, wenn man viele Trümpfe hat.

Trumpf ausspielen hilft den Spielern, die viele Trumpfkarten haben, Fehlfarben ausspielen hilft den Spielern, die viele Fehlkarten haben.

Regel 3:

Kleine Trümpfe ausspielen.

Es ist es nicht sinnvoll in Vorhand mittelhohe Trümpfe auszuspielen. Das Gleiche gilt, wenn man an zweiter Stelle sitzt und der Partner kommt noch.

Regel 4:

Keine Stiche an die Gegenspieler verschenken.

Falls der Partner schon gelegt hat, sollte man den Gegenspielern eine Karte zwischen Pik Bauer und Herz Dame vorsetzen, auch wenn der Stich keine Zehnen oder Asse enthält.

5.2 Das Einseitigkeitsprinzip im Hauptspiel

Der wichtigste Anhaltspunkt für die richtige Taktik im Hauptspiel ist die Antwort auf die Frage: Soll man einen Trumpf oder eine Fehlfarbe ausspielen?

Die Antwort ist einfach: Wer viele Trumpfkarten hat (acht oder mehr) spielt bedingungslos Trumpf. Wer sechs oder weniger Trumpf hat, sollte Hilfsträmpfe in Form von geeigneten Fehlfarben spielen. Dieses Ausspielen von Fehlfarben darf natürlich nur erfolgen, wenn ein mögliches Abwerfen der Gegenspieler keinen Schaden anrichten kann.

Durch häufiges Ausspielen von Trumpf erreicht man, dass die Spieler mit wenig Trümpfen schnell Trumpfengpässe bekommen und in der Wahl der zu spielenden Trumpfkarten stark eingeschränkt sind. Das heißt, man macht das Blatt dieser Spieler einseitig (Einseitigkeitsprinzip).

Beispiel 1:

Erzeugung von Trumpfengpässen durch häufiges Trumpfspielen.

Spieler A hat 9 Trümpfe. Den drei anderen Spielern bleiben 17 Trümpfe, die 6 (Spieler B) zu 6 (Spieler C) zu 5 (Spieler D) verteilt sind.
Falls zur Klärung der Mannschaftsaufteilung zweimal Trumpf gespielt wurde und z.B. Spieler C noch einen Trumpf zum Stechen einer Fehlfarbe verwendet hat, sind nur noch 10 Trümpfe draußen: Spieler B hat noch 4 Trümpfe, Spieler C und D haben nur noch 3 Trümpfe.

In dieser Situation sollte Spieler A unbedingt Herz Zehn ziehen (falls vorhanden) und anschließend nochmals Trumpf spielen, um die Zahl der noch ausstehenden Trümpfe von 10 auf 4 zu reduzieren. Die Spieler C und D kommen dann bereits in größte Schwierigkeiten. Die Möglichkeiten beim Stechen und Überstechen sind für diese Spieler ebenfalls stark reduziert.

Die Vorteile, wenn die Gegner keine Trümpfe mehr haben, sind gewaltig. Man kann den letzten Stich bequem mit dem Kreuz Bauern machen, man kann den Fuchs ausspielen oder ein Fehl-As, das man sich aufgehoben hat. Man kann sogar mit Herz Neun einen Stich machen, wenn die anderen Fehlkarten in Herz bereits weg sind.

Dieses Beispiel zeigt, dass sich durch Ziehen mit den höchsten Trümpfen wesentlich schneller Trumpfengpässe erzeugen lassen. Der richtige Zeitpunkt für das Ziehen muss im Einzelfall entschieden werden. Gewöhnlich ist es jedoch nicht sinnvoll, sofort zu ziehen, da die Gegenspieler noch zuviel Auswahl in den Trumpfkarten haben. Besonders unangenehm ist das Ziehen für die Gegenspieler, wenn sie nur noch zwei bis drei Karten haben. Jetzt müssen sie häufig zwischen dem Opfern eines hohen Trumpfes oder dem Aufgeben des Fuchses entscheiden.

Falls man mehrfach ziehen kann, sollte man auch die Höhe der Karten beachten, die die Mitspieler dazu legen. Legt der Partner eine hohe Karte (z.B. eine rote Dame), kann es sinnvoll sein, das Ziehen zu unterbrechen und den Partner noch einmal mit einem kleinen Trumpf anzuspielen. Legen die Gegenspieler hohe Trümpfe, sollte man dagegen unbedingt weiter ziehen, um einen weiteren hohen Trumpf oder einen Fuchs abzuholen.

Schließlich muss man seine Überlegungen korrigieren, wenn ein Spieler besonders früh Fehlkarten in Trumpf dazu gibt. Hatte ein Spieler z.B. nur vier Trümpfe, so verbleiben für die drei anderen 22 Trümpfe. Mit acht eigenen Trümpfen muss man dann damit rechnen, dass die beiden anderen Spieler je sieben Trümpfe, oder sechs und acht Trümpfe haben. In beiden Fällen wird man die Spieler durch weiteres Ziehen kaum in Schwierigkeiten bringen.

Beispiel 2:

Spieler A hat noch sechs Karten. Alle Fehlfarben sind einmal gelaufen, Herz Zehn, Herz Zehn, Karo Bauer, Kreuz As, Kreuz Zehn, Kreuz Neun. Der Partner hat "Kontra" gesagt und sticht Kreuz und Pik.

Um die vielen Trümpfe des Partners zu stärken und bei den Gegenspielern Engpässe zu erzeugen, spielt Spieler A Trumpf in folgender Reihenfolge:

1. Herz 10

2. Herz 10

3. Karo Bauer

Völlig falsch wäre es, Kreuz zu spielen; Kreuz darf nicht auf den Tisch kommen. Ebenso falsch wäre es, den Karo Bauern vor den Herz Zehnen zu spielen, da Spieler A dann irgendwann gezwungen wäre, Kreuz auszuspielen. Durch das Ausspielen des Karo Bauern als letzten Trumpf verschafft sich Spieler A auch die Freiheit, im nächsten Trumpfstich ganz nach Bedarf zu schmieren oder eine Neun zu legen.

Zusammenfassung:
Das Einseitigkeitsprinzip im Hauptspiel

Die Mannschaft, die den Spieler mit den meisten Trümpfen hat, versucht durch häufiges Ausspielen von Trumpf bei den Gegnern einen Trumpfengpass zu erzeugen.

5.3 Das Hinterhandprinzip im Hauptspiel

Im Kapitel "Übergang zum Hauptspiel" wurden in einigen Beispielen schon die Vorteile der Hinterhandposition verdeutlicht. Auch im Hauptspiel besitzt die Hinterhandposition diese Vorteile. Der Spieler in Hinterhand kann entscheiden, ob er den Stich haben will oder nicht. Er kann den Trumpf genau passend wählen, so dass er den Stich bekommt.

Deshalb sollte man im Spiel darauf hinarbeiten, dass ein Spieler der eigenen Mannschaft in Hinterhand sitzt. Das kann erfordern, dass man einen Stich mit Gewalt, d.h. mit einem unangemessen hohen Trumpf macht, oder dass man einem Gegenspieler einen Stich überlässt.

Beispiel 1:

A	***B***	***C***	D
Karo 9	***Karo Bauer***	***Herz Dame***	?

Die Mannschaft B-C spielt bewusst so, dass C das Ausspielrecht erhält. Falls D nicht übersticht, sitzt B in Hinterhand, falls D übersticht, würde C in Hinterhand sitzen.

Beispiel 2:

A	B	***C***	***D***
Karo 9	Herz Dame	***Herz Bauer***	***Kreuz Dame***

D hat die Kreuz Dame für einen relativ punktarmen Stich geopfert, um den Partner C in die Hinterhandposition zu bringen. In diesem Beispiel wäre es ein Fehler, wenn C den Stich z.B. mit Kreuz Dame genommen hätte.

Beispiel 3:

A	***B***	C	***D***
Karo 9	***Herz Bauer***	Herz Dame	***Karo 9***

D überlässt C den Stich, um den Partner B in die Hinterhandposition zu bringen.

Falls man die Wahl zwischen mehreren Möglichkeiten hat, wählt man bevorzugt die Spielabwicklung, die einen Spieler der eigenen Mannschaft in Hinterhand bringt.

Abschließend noch einige Beispiele zur konsequenten Ausnutzung der Hinterhandposition:

Beispiel 4:

A	***B***	C	***D***
Karo König	***Kreuz Dame***	Herz 10	***Karo 9***

Es war von B falsch, die Kreuz Dame zu spielen, weil die Hinterhandposition des Partners nicht genutzt wurde. Richtig wäre folgende Spielweise gewesen:

A	***B***	C	***D***
Karo König	***Karo 10***	?	

Für C besteht die Gefahr, von D überstochen zu werden, falls er nicht die Herz Zehn nimmt. B hat seine Kreuz Dame gespart.

Es ist grundsätzlich falsch, einen hohen Trumpf zu legen, wenn der Partner in Hinterhand sitzt. Gerade noch akzeptabel wäre folgende Spielweise:

Beispiel 5:

B hat mehrere rote Damen.

A	*B*	C	*D*
Karo König	***Herz Dame***	Pik Dame	***Kreuz Dame***

Das Herauslocken der Pik Dame macht die anderen Damen von B stark. C wird die Pik Dame bei der nächsten roten Dame von B fehlen.

Zusammenfassung:

Das Hinterhandprinzip im Hauptspiel

Man sollte sein Spiel darauf ausrichten, einen Spieler der eigenen Mannschaft in die Hinterhandposition zu bringen.

5.4 Das Vielseitigkeitsprinzip im Hauptspiel

Die Gegenspieler werden versuchen, das eigene Blatt einseitig zu machen, z.B. durch häufiges Trumpfspielen (siehe Einseitigkeitsprinzip). Man selbst wird sich dagegen bemühen, die Vielseitigkeit des eigenen Blattes zu erhöhen oder zu erhalten.

Das Vielseitigkeitsprinzip gebietet, dass man für jeden Zweck eine passende Karte besitzt. Das kann auch bedeuten, dass man ein bis zwei Fehlkarten bereithält, um in einen Fehlstich des Partners schmieren oder in einen Fehlstich der Gegenspieler abwerfen zu können.

Fehlfarben König und Neun	Zum Abwerfen in Fehlstiche, die der Gegner hoch gestochen hat
Fehlfarben As und Zehn	Zum Abwerfen in Fehlstiche des Partners

Dennoch gilt als oberste Regel für das Hauptspiel, dass man seine letzten Fehlkarten ausspielt, um in Trumpf vielseitig zu bleiben.

Von dieser Regel gibt es zwei wichtige Ausnahmen:

1. Wenn ein Spieler der eigenen Mannschaft die meisten Trümpfe hat, spielt man Trumpf, um bei den Gegenspielern Trumpfengpässe zu erzeugen (siehe Einseitigkeitsprinzip).
2. Sofern noch mehrere Fehlkarten in den drei Fehlfarben im Spiel sind, spielt man nicht bedingungslos die letzte Fehlkarte aus. Es kann sinnvoll sein, diese Fehlkarte zurückzuhalten und sie kontrolliert in einen Stich des Partners oder der Gegenspieler abzuwerfen.
   Falls man jedoch im Hauptspiel noch zwei oder mehr Fehlkarten übrig hat, ist es selbstverständlich erforderlich, diese Fehlkarten auszuspielen, um nicht in einen Trumpfengpass zu geraten.

Bei den Trumpfkarten sollte man ebenfalls auf eine vielseitige Zusammenstellung achten.

Bauern und kleine Karos	zum "Klein-Beigeben" in Stiche mit hohen Trümpfen
rote Damen	zum Vorsetzen und zum Überstechen in Hinterhand und Mittelhand
schwarze Damen und Herz Zehn	zum hohen Einstechen und zum sicheren Überstechen

Eine gute Zusammenstellung für das Hauptspiel wäre:

Kreuz 9

Karo 10

Pik Bauer

Karo Dame

Pik Dame

Herz 10

Nun geht es in diesem Abschnitt nicht um die Zusammenstellung eines guten Blattes, sondern um Konsequenzen aus dem Vielseitigkeitsprinzip für das konkrete Spiel:

Beispiel 1:

Spieler A hat mit der Herz Zehn nur einen hohen Trumpf, keine Dame und reichlich Bauern. Um handlungsfähig zu bleiben, wird der Spieler die Herz Zehn nicht leichtfertig einsetzen und im Zweifelsfall die Herz Zehn schonen und mit einem Bauern klein beigeben.

Beispiel 2:

Spieler A hat vier rote Damen und keine schwarzen Damen.

Spieler A muss vermeiden, dass die Gegenspieler mit Bauern Stiche machen. Im Zweifelsfall wird also immer eine rote Dame eingesetzt.

Der Wert der roten Damen wird häufig überschätzt. Wenn in einem Spiel fünf Stiche (die beiden schwarzen Farben jeweils zweimal und Herz einmal) laufen, ohne dass eine schwarze Dame oder Herz Zehn fällt, so bleiben noch sieben Stiche für sechs Karten, die höher als die roten Damen sind. Wenn jetzt noch weitere Stiche mit Bauern gemacht werden können, werden die roten Damen keine Stiche mehr machen.

Beispiel 3:

Spieler A hat mit Karo Zehn nur noch eine volle Karte in der Hand.

Auch diese Karte darf nicht leichtfertig gespielt werden. Die Karo Zehn ist die einzige Karte, die zum Schmieren in einen Stich des Partners zur Verfügung steht.

Beispiel 4:

Spieler A hat Karo Bauer, drei schwarze Damen und Fehlkarten.

Der Karo Bauer muss geschont werden, um für Herz Zehn-Stiche oder für Trumpfstiche, die dem Partner bereits gehören, einen kleinen Trumpf zu haben.
In diesem Beispiel wird Spieler A also eine Fehlkarte oder eine schwarze Dame ausspielen.

Zusammenfassung:

Das Vielseitigkeitsprinzip im Hauptspiel

Für jeden Zweck eine passende Karte bereithalten.

Die letzten Fehlkarten ausspielen, um Trumpfengpässe zu vermeiden.

Falls noch mehrere Fehlkarten im Spiel sind, kann die letzte eigene Fehlkarte zurückgehalten werden, um sie gezielt in einem Fehlstich abzuwerfen.

5.5 Mannschaftsdienliches Spiel

Zum mannschaftsdienlichen Spiel gehört natürlich auch das sinnvolle Abwerfen, Stechen und Zurückhalten bestimmter Fehlfarben (siehe Kapitel "Übergang zum Hauptspiel").

Im Hauptspiel sind zwei Aspekte des mannschaftsdienlichen Spiels wichtig:

1. Das Ausspielen von Trumpf, wenn der Partner viele Trumpf hat (siehe Abschnitt "Einseitigkeitsprinzip im Hauptspiel")
2. Das Vorsetzen von Trümpfen

Das Vorsetzen von Trümpfen ist eine Pflicht für den Spieler, der als Zweiter in dieser Mannschaft eine Karte spielen muss. Unter Vorsetzen versteht man das Spielen eines mittelhohen Trumpfes, z.B. einer roten Dame. Mit dieser roten Dame verhindert man, dass die Gegenspieler den Stich mit zu kleinen Trümpfen bekommen. Die Gegenspieler müssen ebenfalls eine Dame opfern, um den Stich zu machen.

Man verliert zwar den vorgesetzten Trumpf, dafür schwächt man die Gegenspieler und stärkt das Blatt des Partners.

Beispiel 1:

A	***B***	***C***	D
Karo König	***Karo Bauer***	***Herz Dame***	Kreuz Dame

B legt nur einen Bauern und verlässt sich darauf, dass C seine Pflicht erfüllt. C setzt Herz Dame vor. Falls D nicht übersticht, erhält C den Stich und B sitzt in Hinterhand. In diesem Beispiel setzt D seine Kreuz Dame ein. Bei einem der nächsten Stiche muss D bereits eine Herz Zehn (falls vorhanden) einsetzen, um Herz Dame oder Pik Dame zu überstechen.

Das hemmungslose Schonen von Trümpfen beim Vorsetzen macht nur die Gegenspieler stark, da sie auch ihre hohen Trümpfe schonen können.

Besonders sinnlos ist das Schonen, wenn man wenig Trümpfe hat. Ein Spieler, der sechs oder weniger Trümpfe hat, sollte seine hohen Trümpfe bevorzugt zum Vorsetzen verwenden, bevor sie durch Ziehen hoher Trümpfe abgeholt werden oder in Stiche des Partners fallen.

Beispiel 2:

Spieler C hat nur vier Trümpfe: Pik Dame, Karo As, Karo Zehn, Karo Bauer.

A	***B***	***C***	D
Karo König	***Karo Bauer***	***Pik Dame***	Kreuz Dame

Das Zurückhalten der Pik Dame hätte D einen Stich mit einem kleinen Trumpf ermöglicht, die Kreuz Dame würde immer noch drohen. Das Wegspielen der Kreuz Dame erhöht dagegen die Chance des Partners B, einen Stich zu machen und das Karo As von Spieler C zu retten.

Abschließend noch einige Beispiele für das Vorsetzen:

Im Beispiel 1 hat C völlig korrekt eine Herz Dame vorgesetzt.

Beispiel 3:

Falls der Spieler A der Partner von Spieler C ist, kann C auch eine etwas niedrigere Karte legen.

A	B	***C***	D
Karo König	Karo Bauer	***Kreuz Bauer***	Herz Dame

Der Hauptgrund für die Berechtigung des Kreuz Bauern besteht darin, dass C in Hinterhand sitzt, wenn D übersticht. Falls C Herz Dame oder Pik Dame vorgesetzt hätte, könnte D seine Kreuz Dame schonen, um den Partner B in Hinterhand zu bringen.

Beispiel 4:

A	B	C	D
Karo 9	***Karo Bauer***	***Pik Bauer***	Karo Dame

Der Stich ist augenmäßig völlig unattraktiv. C legt nur Pik Bauer, um die eigene Mannschaft in die Hinterhandposition zu bringen.

Beispiel 5:

A	B	C	D
Herz König	***Herz 9***	***Herz Bauer***	?

Die Herz Neun von B ist die sechste Fehlkarte in Herz. C legt nur Herz Bauer, da der Stich für D eine Einladung zum Abwerfen darstellt. Falls D jetzt abwirft, hat C immerhin keinen hohen Trumpf verloren.

Falls C sicher verhindern möchte, dass D abwirft, z.B. weil A und D noch je eine Fehlkarte in der gleichen Fehlfarbe haben, kann auch das Stechen mit Karo Zehn erforderlich sein. Dann fällt D das Abwerfen noch schwerer und er wird wahrscheinlich überstechen. In diesem Beispiel müsste C seine Karo Zehn opfern, um ein Abwerfen von D zu verhindern.

Zusammenfassung:

Mannschaftsdienliches Spiel im Hauptspiel

Trumpf ausspielen, wenn der Partner viele Trümpfe hat.

Den Gegnern mindestens schwarze Bauern, besser rote Damen, vorsetzen.

5.6 Ungleichmäßige Verteilung der Karten einer Fehlfarbe

Falls eine Mannschaft eine Fehlfarbe sehr lang hat, können die Gegenspieler große Vorteile durch geschicktes Abwerfen und Stechen in dieser Farbe erzielen.

Beispiel:

A	*B*	*C*	D
Kreuz As	***Karo 10***	***Pik 10***	Kreuz 9

In diesem Abschnitt werden drei Fälle behandelt.

1. Ein Spieler hat eine Farbe sehr lang.
2. Eine Mannschaft hat eine lange Farbe gleichmäßig auf beide Spieler verteilt.
3. Beide Mannschaften haben je eine lange Farbe gleichmäßig auf die jeweiligen Spieler verteilt.

Für alle drei Fälle gilt: Solange die Gegenspieler noch Fehlfarben haben und abwerfen können, sollte man das Spielen der langen Farbe vermeiden.

Für Fall 2. und 3. gilt: Fehlfarben, die der Partner noch hat, werden nicht ausgespielt.

Fall 1: Ein Spieler hat eine Farbe sehr lang.

Das Ausspielen dieser Farbe ist erst sinnvoll, wenn die Gegner sich durch Abwerfen der anderen Fehlfarben keine Vorteile mehr verschaffen können. Außerdem ist es wichtig, dass man dem Partner keine Falle stellt. Der Partner sollte in Hinterhand sitzen oder wissen, dass die Gegenspieler, die hinter ihm sitzen, auch stechen können.

Fall 2: Eine Mannschaft hat eine lange Fehlfarbe, gleichmäßig auf beide Spieler verteilt.

Beispiel:

Kreuz ging einmal durch. Die vier verbliebenen Kreuzkarten sitzen zwei zu zwei in einer Mannschaft. Falls diese Mannschaft Kreuz spielt, kann der Stich vom ersten Beispiel dieses Abschnitts auftreten.

Die einzige Rettung ist das Zurückhalten dieser Farbe, um sie in einer anderen Fehlfarbe abzuwerfen. Falls die Möglichkeit besteht, mehrmals abzuwerfen, sollte immer der gleiche Spieler abwerfen, um dann in dieser Farbe stechen zu können.

Fall 3: Beide Mannschaften haben je eine lange Farbe.

Beispiel:

Kreuz und Pik gingen je einmal durch. A und B haben je zwei Kreuzkarten. C und D habe je zwei Pikkarten.

Auch jetzt gilt: Wer zuerst die Nerven verliert und seine lange Farbe spielt verliert. Ein Spieler der anderen Mannschaft wird stechen und der andere Spieler wird abwerfen.

Diese Regeln gelten natürlich auch, wenn die verbliebenen Fehlkarten drei zu eins, zwei zu eins oder eins zu eins innerhalb einer Mannschaft verteilt sind.

Zusammenfassung:

Ungleichmäßige Verteilung der Karten einer Fehlfarbe

Eine lange Fehlfarbe darf nur ausgespielt werden, wenn der Partner in Hinterhand sitzt oder wenn der Partner die Gefahr, überstochen zu werden, kennt.

Fehlfarben, die der Partner noch hat, werden nicht ausgespielt.

5.7 Das Einschüchtern und das In-Sicherheit-Wiegen

Durch Einschüchtern und In-Sicherheit-Wiegen kann man natürlich sein Blatt nicht aufbessern, man kann jedoch die Gegenspieler zu falschen Entscheidungen provozieren (z.B. auf "keine 90" zu verzichten oder zu hoch bzw. zu niedrig einzustechen). Um dies zu erreichen, muss man die Gegenspieler zu falschen Rückschlüssen über das eigene Blatt verleiten. Dies sollte jedoch nicht durch Jammern über schlechte Karten oder durch Prahlen über gute Karten geschehen, sondern durch geschicktes Spiel.

5.7.1 Die Gegner in Sicherheit wiegen

Beispiel 1:

Der Geheimtrumpf

Diese Möglichkeit bietet sich leider nur, wenn die Gegenspieler mehrfach hohe Trümpfe ziehen.

Die Gegenspieler können noch dreimal ziehen, z.B. Herz Zehn, Herz Zehn, Kreuz Dame, und Spieler A hat noch drei Trümpfe: Karo As, Karo Dame, Pik Dame.
Auf die erste Herz Zehn legt man Karo As, auf die zweite Herz Zehn legt man Pik Dame und hält die Karo Dame zurück. Die Gegenspieler können jetzt zum Fehlschluss verleitet werden, dass Spieler A keine Trümpfe mehr hat, das Ziehen abbrechen und statt dessen ein Fehl-As spielen.

Der gleiche Trick funktioniert auch manchmal beim Damen- oder Bauernsolo, wenn der Solospieler im Siegesrausch das Trümpfezählen vergisst.

Gelernt habe ich diesen Trick schon vor fast 25 Jahren von meinem Großvater Johannes, der mich beim Skatspielen mit diesem Trick hereinlegte. Seitdem habe ich auf keinem Doppelkopf- oder Skatturnier, und in keiner privaten Spielrunde nochmals diesen Trick vorgeführt bekommen.

Beispiel 2:

Der Fuchs als Geheimtrumpf

	A	***B***	C	D
10. Stich	***Pik Dame***	***Kreuz 10***	Herz König	Herz Dame

A hält noch Herz Dame und Pik As, D hält noch Herz König und Karo As. Falls A das Pik As spielt, kann D seinen Fuchs retten.

Ein bekanntes und populäres Verfahren, um die Gegner in Sicherheit zu wiegen, ist das Schonen hoher Trümpfe. Wird es zu oft angewendet, verliert es allerdings seine Wirkung. Außerdem gehen dabei vorher zu viele Stiche verloren. Hohe Trümpfe zu schonen ist nur sinnvoll, wenn man einen Plan für die Verwendung des hohen Trumpfes hat.

Beispiel 3:

Jeder Spieler hat noch drei Karten, beide Füchse sind noch draußen. D verfolgt den Plan, mindestens einen Fuchs zu fangen und Karlchen zu verhindern oder selbst zu machen.

	A	***B***	C	***D***
10. Stich	Karo 10	***Pik 10***	Kreuz Dame	***Karo 9***

A, B und C rechnen damit, dass D keine Herz Zehn hat. D.h. A und C erwarten die Herz Zehn beim Partner. C spielt daher seinen Fuchs aus.

	C	***D***	A	***B***
11. Stich	Karo As	***Herz 10***	Karo Dame	***Pik As***

	D	A	*B*	C
12. Stich	***Kreuz Bauer***	Karo As	***Herz König***	Kreuz Bauer

D hat das Ausspielrecht und macht Karlchen im letzten Stich. D konnte seinen Plan verwirklichen. Er hat sogar beide Füchse gefangen und Karlchen gemacht.

5.7.2 Die Gegner einschüchtern

Das Einschüchtern der Gegner erfolgt dadurch, dass man die Gegenspieler zu dem Schluss verleitet, dass man bessere oder andere Karten hat als es tatsächlich der Fall ist.

Im Folgenden werden drei einfache Beispiele genannt. Mit Phantasie und Spielwitz lassen sich in konkreten Spielsituationen weitere Möglichkeiten finden.

Beispiel 1:

Vermeidung von "keine 90" durch frühes Spielen der Herz Zehn

Die Gegenspieler spielen Hochzeit, haben "Re" gesagt und erwägen auch noch "keine 90" anzusagen. Man selbst hat schlechte Karten bis auf eine Herz Zehn. Diese Herz Zehn setzt man im ersten Trumpfstich nach dem Erkennungsstich ein, auch wenn der Stich keine besonderen Augen bietet. Anschließend spielt man ein Fehl-As, das gute Chancen hat durchzugehen. Sollte diese As durchgehen, spielt man noch eine Fehlfarbe, die den Gegenspielern möglichst viel zu denken gibt und von weiteren Ansagen abhält.

Durch das frühe Einsetzen der Herz Zehn hält man die Re-Spieler häufig von weiteren Ansagen ab. Zum einen schätzen die Re-Spieler die Erfolgsaussichten der Kontra-Mannschaft höher ein, wenn die Mannschaft bereits einige Stiche hat. Zum anderen vergessen viele Spieler bei einem turbulenten Spielbeginn häufig das Ansagen von "Kontra" bzw. "Re" oder weitere Ansagen.

Beispiel 2:

B hat Hochzeit angesagt.

	A	***B***	C	D
1. Stich	Kreuz As	***Kreuz 9***	Karo As	Kreuz As

D hält noch Kreuz Zehn, Kreuz König und Kreuz Neun. Aus dem ersten Stich muss D schließen, dass sein Partner A die beiden anderen Fehlkarten in Kreuz hat. Um B und C beim nächsten Mal zum hohen Stechen zu zwingen, erweckt D den Eindruck, dass er Kreuz As blank hat.

Das Opfern eines Fehl-Asses in einem Fehlstich der Gegner ist eine wirkungsvolle Methode, um die Gegner beim nächsten Mal in dieser Farbe zum hohen Stechen zu veranlassen.

Beispiel 3:

Vermeidung von Karlchen durch Opfern des letzten Trumpfes

	A	B	***C***	***D***
9. Stich	Herz 10	Karo 10	***Herz 9***	***Karo Bauer***

C hat bereits keine Trümpfe mehr, D hat jetzt noch einen Trumpf und zwei Fehlkarten in Pik.

	A	B	***C***	***D***
10. Stich	Herz König	Pik Dame	***Herz König***	***Pik Bauer***

D opfert seinen letzten Trumpf, statt eine Fehlkarte abzuwerfen. A und B schließen daraus, dass D Volltrumpf hat, mit zwei Trümpfen höher als Pik Bauer.

	B	*C*	*D*	A
11. Stich	Kreuz Bauer	***Pik König***	***Pik 10***	Herz Dame

B rechnet sich keine Chance aus, Karlchen zu machen und spielt ihn aus.

	A	B	*C*	*D*
12. Stich	Karo 10	Pik Dame	***Pik 10***	***Pik 9***

Zusammenfassung:

Das Einschüchtern und das In-Sicherheit-Wiegen

Durch frühzeitiges Einsetzen von hohen Trümpfen oder durch das freiwillige Opfern von Fehl-Assen lassen sich die Gegenspieler zu Fehlschlüssen über die Karten der anderen Spieler und anschließend zu Fehlentscheidungen (zu wenig ansagen, zu hoch stechen...) verleiten.

Durch das Opfern des höchsten Trumpfes in einen Stich der Gegenspieler können die Gegenspieler zu dem Schluss verleitet werden, dass man keine weiteren Trümpfe mehr hat.

6 Das Endspiel

Das Endspiel beginnt, wenn jeder Spieler nur noch drei bis vier Karten hat. Die wichtigste Voraussetzung für ein erfolgreiches Endspiel ist die Kenntnis der Karten, die noch im Spiel sind (siehe Kapitel 10: Über das Zählen). Wie viel und welche Trümpfe sind noch im Spiel? Sind die Karo Asse (Füchse) schon gefallen? Kann ein Spieler noch einen Sonderpunkt mit dem Kreuz Bauern im letzten Stich (Karlchen) machen?

Unter Berücksichtigung dieser Informationen setzt man das Spiel nach den Prinzipien des Hauptspiels fort.

6.1 Das Einseitigkeitsprinzip im Endspiel

Man spielt auch im Endspiel Trumpf, wenn man die Chance sieht, bei den anderen Spielern Trumpfengpässe zu erzeugen.

Beispiel:

Jeder Spieler hat noch drei Karten.
Spieler A hat Herz As, Herz 10 und Karo 9.
Es sind noch drei Trümpfe draußen.
Spieler A sieht die Chance, die drei Trümpfe abzuholen und spielt die Herz Zehn.

	A	*B*	C	D
10. Stich	***Herz 10***	***Pik 10***	Herz Dame	Karo Dame

Falls die drei Trümpfe gleich verteilt gewesen wären, hätte A auch den 11. und 12. Stich gemacht.

	A	*B*	C	D
11. Stich	***Herz As***	***Herz 9***	Kreuz 10	Pik Dame

Falls A die Karo Neun gespielt hätte, hätte D auch den letzten Stich gemacht.

	D	*A*	B	C
12. Stich	***Pik 10***	***Karo 9***	Pik König	Pik König

Nur durch das Ausspielen der Herz Zehn im 10. Stich konnte sich Spieler A zwei der drei letzten Stiche sichern.

6.2 Das Vielseitigkeitsprinzip im Endspiel

Wenn man nur noch drei oder vier Karten hat, ist die Vielseitigkeit des Blattes aufgrund der geringen Kartenanzahl bereits stark eingeschränkt. Um so wichtiger ist es, dass man jetzt die freie Auswahl unter diesen Karten hat.

Falls man noch eine Fehlkarte hat, während ein Gegenspieler Volltrumpf hat, spielt man diese Fehlkarte rechtzeitig aus, um einen Trumpfengpass, wie im Beispiel zum Einseitigkeitsprinzip gezeigt, zu verhindern.

Falls man noch sehr viele Fehlkarten hat, sollte man die letzten Trümpfe wegspielen, um anschließend in Trumpfstiche je nach Bedarf schmieren oder wenig Augen dazu geben zu können.

Diese Regel wird von den wenigsten Spielern beachtet.

Beispiel 1:

Abwerfen des letzten Trumpfes

Spieler D hat noch drei Fehlkarten in Pik und einen Trumpf. Er weiß, dass sein Partner A Pik und Kreuz stechen kann.

	A	B	C	***D***
9. Stich	***Herz König***	Herz Dame	Herz As	***Karo Bauer***

D legt seinen letzten Trumpf, um in den letzten drei Stichen die freie Auswahl zu haben.

	B	C	***D***	***A***
10. Stich	Karo Bauer	Karo Dame	***Pik As***	***Pik Dame***

Spieler D kann jetzt seinem Partner bereits schmieren. Hätte er im 9. Stich abgeworfen, wäre er im 10. Stich gezwungen gewesen, den Bauern zu bedienen.

Beispiel 2:

Ausspielen des letzten Trumpfes

Spieler D hat noch drei Fehlkarten und zwei Trümpfe: Pik Dame und Karo Bauer.

	A	B	C	***D***
8. Stich	***Karo Bauer***	Karo 9	Kreuz Bauer	***Pik Dame***

Spieler D spielt die Pik Dame, damit sie nicht im nächsten Stich blank ist.

	D	***A***	B	C
9. Stich	***Karo Bauer***	***?***	?	?

Jetzt spielt D wiederum seinen letzten Trumpf aus, um in den letzten drei Stichen die freie Auswahl unter seinen Fehlkarten zu haben.

6.3 Der letzte Stich

Der letzte Stich unterscheidet sich durch mehrere Eigenschaften von allen vorausgegangenen Stichen:

- Wenn man den Stich mit Kreuz Bauern macht, bekommt man einen Sonderpunkt.
- Die Spieler haben keine Auswahl mehr zwischen mehreren Karten.
- Die Hinterhandposition ist ohne Vorteil, bei gleich hohen Karten ist sie sogar von Nachteil.

Wie man am besten vorgeht, wenn man Karlchen machen will, wird im Kapitel 7.3 beschrieben. Um Karlchen zu verhindern, reicht es aus, sich für den letzten Stich eine rote Dame aufzuheben.

Es ist jedoch nicht Pflicht, im letzten Stich noch einen hohen Trumpf zu haben. Vielmehr ist der letzte Stich geeignet, irgendwelche Schwachpunkte zu spielen, ohne dass die Gegenspieler daraus große Vorteile ziehen.

Beispiel 1:

Die Re-Spieler haben je eine Pik Neun. Da jeder Re-Spieler wusste, dass der Partner die andere Pik Neun hat (siehe 4.2.2 Die Verteilung der verbleibenden Fehlkarten), haben beide ihre Pik Neun nicht gespielt in der Hoffnung, sie irgendwann abwerfen zu können.

	A	B	***C***	D
12. Stich	***Pik 9***	Karo Dame	***Pik 9***	Pik Dame

Die Gegenspieler müssen die Karte dazu legen, die sie für den letzten Stich aufgehoben haben. Wäre Pik viel eher gespielt worden, hätten sie abgeworfen oder klein gestochen.

Beispiel 2:

Die Spieler A und B haben nur noch kleine Trümpfe.

	A	B	*C*	*D*
12. Stich	Karo 9	Karo Bauer	***Herz 10***	***Pik Dame***

Es ist nur dann sinnvoll, eine Herz Zehn bis zum letzten Stich aufzuheben, wenn man ein konkretes Ziel damit verfolgt, z.B. das Ziel, einen Fuchs zu fangen bzw. zu retten.

In diesem Beispiel erhält C einen völlig unattraktiven Stich, den ansonsten sein Partner mit Pik Dame gemacht hätte. Spieler C hätte seine Herz Zehn besser in einem anderen Stich eingesetzt.

Zusammenfassung:
Das Endspiel

Um Trumpfengpässe zu vermeiden, sollte man es anstreben, im Endspiel Volltrumpf zu haben.

Falls man noch viele Fehlkarten hat, spielt man den letzten Trumpf weg, um danach in Trumpf gezielt Fehlkarten schmieren zu können.

Um Karlchen zu verhindern, sollte man eine rote Dame für den letzten Stich aufheben.

Der letzte Stich ist besonders geeignet, um Schwachpunkte loszuwerden, ohne dass die Gegenspieler daraus Vorteile ziehen können.

7 Die Sonderpunkte

Es gibt vier Möglichkeiten, Sonderpunkte in der Spielwertung zu bekommen:

- Gegen die Kreuz Damen gewonnen 1 Punkt
- Doppelkopf (ein Stich mit 40 oder mehr Augen) 1 Punkt
- Karo As (Fuchs) eines Gegenspielers gefangen 1 Punkt
- Kreuz Bauer macht den letzten Stich (Karlchen) 1 Punkt

Der Sonderpunkt "gegen die Kreuz Damen gewonnen" wird erreicht, wenn die Kontra-Mannschaft gewonnen hat. D.h. die Erzielung dieses Sonderpunktes erfordert keine besonderen taktischen Maßnahmen, die über die Maßnahmen der Kapitel 2. bis 6. hinausgehen.

Die drei anderen Sonderpunkte (Doppelkopf, Fuchs und Karlchen) sind dagegen unabhängig vom Ausgang des gewöhnlichen Spiels. Sie erfordern den Gewinn ganz bestimmter Karten oder Stiche.

Bevor diese drei Sonderpunkte im Einzelnen behandelt werden, eine allgemeine Regel vorab:

Wenn der Ausgang des Gesamtspiels (d.h. das Erreichen von 121 bzw. 120 Augen) noch nicht entschieden ist, sollte man keine Opfer für das Erreichen bzw. das Vermeiden dieser Sonderpunkte bringen, sondern vorrangig den Gesamtsieg sichern.

Die Punktedifferenz zwischen erreichtem Sonderpunkt und nicht erreichtem Sonderpunkt bzw. verhindertem Sonderpunkt beträgt immer einen Punkt. Falls man den Gesamtsieg verpasst, beträgt die Punktedifferenz mindestens drei Punkte (der "gewonnen"-Punkt für die eine Mannschaft, der "gewonnen"-Punkt für die andere Mannschaft und der "gegen die Kreuz Damen gewonnen"-Punkt). Bei einem zusätzlichen "Re" beträgt die Differenz dann schon fünf Punkte.

Sofern der Gesamtsieg schon entschieden ist, hat ein Sonderpunkt den gleichen Wert wie zusätzliche 30 Augen, die auch einen weiteren Punkt bringen.

Die Bedeutung des Gesamtsieges und, falls der Gesamtsieg entschieden ist, der Wert von 30 Augen, sollten bei allen taktischen Maßnahmen zur Erzielung eines Sonderpunktes berücksichtigt werden.

7.1 Doppelkopf

Ein Stich mit vier Vollen (Asse und Zehnen) bringt den Sonderpunkt Doppelkopf. Zugleich ist dieser Stich mit mindestens 40 Augen ein großer Schritt zur Erreichung des Gesamtsieges.

7.1.1 Doppelköpfe in schwarzen Fehlfarben

Doppelköpfe treten bevorzugt in schwarzen Fehlfarben auf, die zum zweiten Mal laufen. Die Bedienpflicht zwingt die Spieler dann zum Spielen eines Asses oder einer Zehn.

Beispiel 1:

	A	B	C	D
1. Stich	Kreuz As	Kreuz 9	Kreuz König	Kreuz König
2. Stich	Kreuz As	Kreuz 10	?	?

C schließt aus dem ersten Stich, dass A die Kreuz Neun hat. D hat bestenfalls noch die Kreuz Zehn. Falls C klein sticht, droht ein Überstechen von D.

Es gibt jetzt drei Spielverläufe, die alle zu einem Doppelkopf führen:

2. Stich	Kreuz As	Kreuz 10	Karo 10	Karo As

oder

2. Stich	Kreuz As	Kreuz 10	Karo 10	Kreuz 10

C kann den Stich auch mit Herz Zehn sichern.

2. Stich	Kreuz As	Kreuz 10	Herz 10	Kreuz 10

Falls D stechen kann, sichert die Herz Zehn den Stich, falls D bedient, entschädigt der Doppelkopf für den Einsatz der Herz Zehn.

Beispiel 2:

Opfern der Herz Zehn

A	B	C	D
Kreuz As	Kreuz 10	Karo As	Herz 10

D hätte auch kleiner stechen können, er opfert jedoch seine Herz Zehn, um einen Doppelkopf zu machen. Dieses Opfer ist gefährlich, wenn der Gesamtsieg noch nicht entschieden ist. Und wenn der Gesamtsieg entschieden ist, kann das Opfern der Herz Zehn den Gegnern einen zusätzlichen Stich und damit das Überspringen einer Wertungsgrenze (z.B. "keine 90") ermöglichen.

Beispiel 3:

Doppelkopf in einer schwarzen Farbe zum ersten Mal

Falls ein As mit zwei Königen und zwei Neunen besetzt ist, bewirkt das Ausspielen dieses Asses auch häufig einen Doppelkopf. Entweder die Farbe geht durch oder ein Spieler sticht:

A	B	C	D
Kreuz As	Kreuz 10	Karo 10	Kreuz 10

Beispiel 4:

Doppelkopf in einer schwarzen Fehlfarbe zum dritten Mal

Pik ist einmal durchgegangen, ohne dass gestochen wurde.

Pik zum zweiten Mal:

A	***B***	***C***	D
Pik König	***Karo As***	***Kreuz 10***	Pik 9

Pik zum dritten Mal:

D	A	***B***	***C***
Pik As	Pik 10	***Kreuz As***	***Karo 10***

Selbstverständlich hätte D niemals Pik ausspielen dürfen. Aber häufig zählen Spieler die Anzahl der gespielten Karten einer Fehlfarbe nicht mit und erzeugen dann solche Katastrophenstiche wie in diesem Beispiel. D hätte besser in Pik zum zweiten Mal das As gelegt, um C und B bei Pik zum dritten Mal zum hohen Stechen zu zwingen und einen möglichen Doppelkopf zu verhindern.

7.1.2 Doppelköpfe in den letzten beiden Stichen

In den letzten beiden Stichen wird die Auswahlmöglichkeit zwischen den verbliebenen Karten kleiner und häufig haben die Spieler noch Herz Zehnen und Füchse sowie volle Fehlkarten zum Schmieren aufgehoben.

Beispiel 1:

	A	***B***	C	D
11. Stich	***Herz 10***	***Karo As***	Karo 10	Pik 10
12. Stich	***Herz Bauer***	***Karo 9***	Herz 10	Pik As

In diesem Beispiel mussten C und D der Gegenmannschaft einen Doppelkopf ermöglichen, weil sie nur noch volle Karten hatten.

Wenn häufig Trumpf gezogen wurde, kann auch im letzten Stich ein Doppelkopf auftreten.

Beispiel 2:

	A	B	***C***	D
11. Stich	***Herz 10***	Pik Dame	***Pik As***	Herz König
12. Stich	***Kreuz As***	Pik 10	***Pik 10***	Herz As

Spieler D hätte im 11. Stich besser sein Herz As geopfert, um im letzten Stich mit dem Herz König einen Doppelkopf verhindern zu können.

Und als Überleitung zum nächsten Abschnitt ein letztes Beispiel.

Beispiel 3:

	A	B	C	D
12. Stich	Kreuz As	Pik 10	Karo As	Herz As

Spieler C rettet seinen Fuchs im letzten Stich und macht einen Doppelkopf.

Zusammenfassung:
Doppelkopf

Das Ausspielen einer Zehn oder eines Asses in einer schwarzen Fehlfarbe zum zweiten oder dritten Mal kann zu einem Doppelkopf führen.

Doppelköpfe können in den letzten beiden Stichen auftreten, weil alle Spieler nur noch Volle (Asse oder Zehnen) haben.

Zur Vermeidung von Doppelköpfen im Endspiel sollte man rechtzeitig Asse und Zehnen spielen, um im Endspiel und besonders im letzten Stich nicht unfreiwillig zu einem Doppelkopf beizutragen.

7.2 Fuchs

Wenn das Karo As (der Fuchs) in einen Stich der Gegner fällt, so gilt er als gefangen und bringt der gegnerischen Mannschaft einen Sonderpunkt. Man sollte den Fuchs jedoch nicht als Last empfinden. Der Fuchs ist eine Trumpfkarte und besitzt 11 Augen, d.h. er kann einen großen Beitrag zum Erreichen des Gesamtsieges liefern.

7.2.1 Den Fuchs nach Hause bringen

Wenn man einen Fuchs hat, sollte man einen Plan machen, wie man den Fuchs nach Hause bringen könnte. Dieser Plan enthält die Möglichkeiten, die für die Rettung des Fuchses in Frage kommen:

1. Eine Fehlfarbe beim ersten Mal mit dem Fuchs stechen.
2. Eine Fehlfarbe beim zweiten Mal mit dem Fuchs stechen.
3. Den Fuchs in einen Trumpfstich des Partners legen.
4. Den Fuchs im letzten Stich nach Hause bringen, wenn die anderen Spieler keine Trümpfe mehr haben.

Im konkreten Spiel wird man nur selten alle vier Möglichkeiten zur Verfügung haben. Die zur Verfügung stehenden Möglichkeiten werden nach ihrer Erfolgschance bewertet und schon vor dem Spiel erhalten der

Fuchs bzw. die beiden Füchse einen gedanklichen Notizzettel. Diese Vorüberlegung soll helfen während des Spiels den Fuchs in den richtigen Stich zu legen.

Beispiel 1:

Der Fuchs kommt in Kreuz zum zweiten Mal (sofern kein Spieler beim ersten Mal gestochen oder eine blanke Karte gelegt hat) oder in einen Trumpfstich des Partners.

Beispiel 2:

Der Spieler hat zwei Füchse und kann Herz stechen. Der erste Fuchs wird in Herz eingestochen. Der zweite Fuchs soll in einem Trumpfstich des Partners oder in Hinterhand sitzend in einer Fehlfarbe zum zweiten Mal untergebracht werden.

7.2.1.1 Stechen einer Fehlfarbe beim ersten Mal

Beispiel:

A	B	C	D
Kreuz As	Karo As	Kreuz 9	Kreuz König

Das ist die klassische Art, den Fuchs nach Hause zu bringen. Falls man eine Fehlfarbe schon beim ersten Mal stechen kann, sollte man den Fuchs vorher nicht in einem anderen Stich riskieren. Am Fuchs klebt der Notizzettel "Einstechen in Kreuz zum ersten Mal". Wenn Kreuz nicht sofort gespielt wird, wird der Fuchs für diesen Stich geschont.

Eine schwierige Entscheidung ist, ob man das As seines Partners abstechen soll, um den Fuchs zu retten: Das Erreichen des Gesamtsieges hat die oberste Priorität, d.h. man sollte eine Fehlkarte abwerfen und den Trumpf Karo As schonen. Nur wenn das Abwerfen, z.B. einer langen Farbe, keine Vorteile bringt oder wenn man das Ausspielrecht erlangen möchte, sollte man mit dem Fuchs einstechen.

7.2.1.2 Stechen einer Fehlfarbe beim zweiten Mal

Beispiel 1:

Wenn Spieler B wie im Beispiel 1 eine schwarze Fehlfarbe, in diesem Beispiel Kreuz, alleine gestochen hat, kann er diese Fehlfarbe auch beim zweiten Mal mit guten Aussichten stechen.

A	B	C	D
Kreuz 9	Karo As	?	?

Es sind noch vier Kreuz Karten draußen, die sich auf die Spieler A, C und D aufteilen. Nur wenn ein Spieler insgesamt vier Fehlkarten in Kreuz und ein anderer Spieler drei Fehlkarten in Kreuz hat, wird der Fuchs verloren gehen.

Eine ähnliche Rechnung lässt sich anstellen, falls Kreuz beim ersten Mal durchging: Jetzt sind nur noch drei Karten draußen.

Besonders sicher bekommt man seinen Fuchs natürlich in Hinterhand nach Hause. In Hinterhand kann man mit Glück auch Fehlfarben zum dritten Mal mit dem Fuchs stechen.

Beispiel 2:

Kreuz zum dritten Mal

A	B	C	D
Kreuz 9	Pik 9	Kreuz 10	Karo As

7.2.1.3 Der Fuchs im Trumpfstich des Partners

Um den Fuchs in einem Trumpfstich des Partners retten zu können, müssen zwei allgemeine Regeln beachtet werden:

– Dem Partner keine Zehnen und Asse anbieten, da dann die Gefahr besteht, dass er dort seine Herz Zehn oder andere hohe Trümpfe einsetzt.

– Die eigenen hohen Trümpfe großzügig einsetzen, um den Partner zu entlasten und die Gegner zu schwächen.

Es ist falsch, einen Fuchs durch Schonen der hohen Trümpfe retten zu wollen. Man muss erreichen, dass die Gegner ihre hohen Trümpfe auf die eigenen hohen Trümpfe legen.

Beispiel 1:

Die klassische Variante

A	***B***	C	D
Herz 10	***Karo As***	Karo 9	Karo Bauer

Der Fuchs wurde sicher nach Hause gebracht. Das Ausspielen einer Herz Zehn, nur um den Fuchs zu retten, ist jedoch wenig sinnvoll. Besser ist es, zusätzlich einen hohen Trumpf der Gegner zu überstechen.

Beispiel 2:

Der Partner in Hinterhand

A	B	***C***	***D***
Karo Bauer	Herz Dame	***Karo As***	***Kreuz Dame***

Beispiel 3:

Das Ausspielen des Fuchses

Als Re-Spieler kann man den Fuchs ausspielen, wenn der Partner noch seine Kreuz Dame hat und die Gegner sicher keine Herz Zehnen haben.

A hat Kreuz Dame und beide Herz Zehnen:

A	B	C	***D***
Karo As	Karo König	Pik Dame	***Kreuz Dame***

Zugleich zeigt A seinem Partner, dass er die beiden Herz Zehnen hat. Die gleiche Technik funktioniert natürlich auch, wenn man eine Herz Zehn hat und die andere Herz Zehn schon gespielt wurde.

Beispiel 4:

Vermeiden, dass der Partner seine Herz Zehn auf andere volle Karten legt

A hat nur noch drei Karten: Karo As, Karo Zehn, Kreuz As. Es sind noch beide Herz Zehnen im Spiel. Falls A Karo Zehn oder Kreuz As spielt, besteht die Gefahr, dass der Partner B eine Herz Zehn einsetzt. Also muss der Fuchs ausgespielt werden. Falls jetzt die Gegner beide Herz Zehnen haben, ist der Fuchs sowieso mit hoher Wahrscheinlichkeit verloren.

A	***B***	C	D
Karo As	***Herz 10***	?	?

Beispiel 5:

A hält noch zwei Karten, Herz Dame und Karo As.

	A	***B***	C	D
11. Stich	***Herz Dame***	***Karo 10***	Karo Dame	Pik Dame

A spielt die Herz Dame, um den Gegnern die letzten hohen Trümpfe wegzulocken.

	D	*A*	*B*	C
12. Stich	Pik Bauer	***Karo As***	***Kreuz Bauer***	Pik 10

Hätte A den Fuchs ausgespielt, wäre der Fuchs gefangen worden. Zugleich dient dieser Stich als Einstimmung für den nächsten Abschnitt über das Karlchen.

Beispiel 6:

Keine Stiche opfern, um eventuell den Fuchs zu retten.

	A	B	*C*	*D*
11. Stich	Herz 10	Herz Bauer	***Kreuz 9***	***Karo As***
12. Stich	Kreuz Bauer	Herz Dame	***Kreuz 10***	***Pik Dame***

D opfert seinen Fuchs, um mit der Pik Dame einen Stich zu machen.

7.2.1.4 Wegspielen der Trümpfe der Gegenspieler

Die letzte Möglichkeit, einen Fuchs nach Hause zu bringen, ist das Wegspielen der Trümpfe der Gegenspieler, um dann den letzten Stich mit dem Fuchs zu machen. Ein Beispiel zu dieser Variante enthält das Kapitel "Endspiel".

7.2.2 Den Fuchs fangen

Zuallererst sei betont, dass das Fangen der Füchse kein Hauptziel der eigenen Spieltaktik sein darf. Dennoch ist das Fangen eines Fuchses mit elf Augen eine Hilfe zur Erreichung des Gesamtsieges. Die Erzielung eines Sonderpunktes ist ein angenehmer Nebeneffekt.

7.2.2.1 Klärung der Frage: Wer hat die Füchse?

Aus den gelaufenen Stichen lässt sich ablesen, welcher Spieler die noch verbliebenen Füchse hat.

Beispiel:

Die Mannschaftsaufteilung ist noch ungeklärt.

	A	B	C	D
1. Stich	Kreuz As	Kreuz 9	Kreuz König	Karo König

	D	A	B	C
2. Stich	Karo Bauer	Kreuz Dame	Herz 10	Karo 10

Spieler D hat keinen Fuchs. Da Spieler C nur eine Karo Zehn schmiert, hat er mit hoher Wahrscheinlichkeit auch keinen Fuchs. Spieler A und B kennen bereits die genaue Verteilung der Füchse.

7.2.2.2 Maßnahmen, um Füchse zu fangen

Um den Fuchs zu fangen, muss man zuerst verhindern, dass er einfach gerettet werden kann:

- Fehlfarben immer mindestens mit einem Bauern stechen.

Beispiel 1:

Kreuz zum dritten Mal, D hat einen Fuchs.

A	B	C	D
Kreuz 9	Herz Bauer	Kreuz 10	Pik Bauer

D konnte seinen Fuchs nicht retten.

- Alle Trümpfe des anderen Gegenspielers überstechen, wenn der Spieler mit Fuchs in Hinterhand sitzt.

Beispiel 2:

A	B	*C*	D
Karo 9	Herz Dame	***Pik Dame***	Karo Bauer

C übersticht die Herz Dame, obwohl der Stich wenig Augen hat, um zu verhindern, dass D seinen Fuchs rettet.

– Die Herz Zehn für den Fuchs aufheben

Falls noch Füchse draußen sind, sollte man mit seiner Herz Zehn im Endspiel nicht irgendeine volle Fehlkarte nehmen, sondern die Herz Zehn für den Fuchs aufheben.

Zusammenfassung:
Fuchs

Füchse nach Hause bringen:

Zu Beginn des Spiels macht man sich einen Plan, wie man die Füchse nach Hause bringen will.

Das Stechen von Fehlfarben zum ersten Mal und Trumpfstiche des Partners sind sichere Methoden, um den Fuchs nach Hause zu bringen.

Der großzügige Einsatz von eigenen hohen Trümpfen erhöht die Chance, den Fuchs in einem Trumpfstich des Partners zu retten.

Füchse fangen:
Man sollte wissen, welcher Spieler Füchse hat, um zu vermeiden, dass dieser Spieler seinen Fuchs in einem Fehlstich oder einem Trumpfstich seines Partners rettet.
Falls man im Endspiel noch eine Herz Zehn hat, sollte man diese Herz Zehn für den Fuchs schonen.

7.3 Karlchen

Wenn man den letzten Stich mit dem Kreuz Bauern macht, bekommt man einen Sonderpunkt für Karlchen.

Um diesen Sonderpunkt zu erreichen, muss man in erster Linie den Kreuz Bauern bis zum letzten Stich aufheben (sofern man ihn hat). Dieses Aufheben des Kreuz Bauern erfordert eigentlich kein großes Opfer und viele Spieler schonen ihren Kreuz Bauern fast grundsätzlich bis zum letzten Stich.

Anmerkung: Um dieses ständige Aufheben des Kreuz Bauern für den letzten Stich abzustellen, kann man die Regel "Karlchen gefangen" einführen: Falls der eigene Kreuz Bauer im letzten Stich an die Gegenspieler geht, erhalten die Gegenspieler einen Sonderpunkt.

Die einzige wirkungsvolle Maßnahme, um die Chance auf Karlchen zu erhöhen, ist das häufige Trumpfspielen. Die Gegenspieler haben dann im letzten Stich eventuell keinen Trumpf mehr. Diese Taktik funktioniert natürlich nur, wenn man selbst ausreichend viele Trümpfe hat.

Das besondere am Sonderpunkt Karlchen ist, dass auch der Partner den Sonderpunkt verhindern kann, indem er den letzten Stich macht. Das heißt, auch wenn man selbst kein Karlchen hat, sollte man darauf achten, ob der Partner Karlchen machen kann. Falls sich z.B. abzeichnet, dass die Gegenspieler keine Trümpfe mehr haben, sollte man rechtzeitig umschalten, hohe Trümpfe spielen und einen kleinen Trumpf für den letzten Stich aufheben, um das Karlchen des Partners nicht kaputt zu machen.

Beispiel:

D hat noch Pik Bauer, Pik Dame, Herz Zehn.

	A	B	C	*D*
10. Stich	***Kreuz Dame***	Pik 9	Pik Dame	***Pik Dame***

D spielt Pik Dame statt Pik Bauer, um dem Partner im letzten Stich Karlchen zu ermöglichen.

	A	B	C	*D*
11. Stich	***Karo 9***	Pik König	Herz 9	***Herz 10***

	D	*A*	B	C
12. Stich	***Pik Bauer***	***Kreuz Bauer***	Pik 10	Herz As

7.3.1 Karlchen verhindern

Das Aufheben einer roten Dame reicht vollkommen aus, um Karlchen zu verhindern. Sofern man Herz Zehn und Kreuz Bauer hat, gibt es eine schöne Alternative: man nimmt den vorletzten Stich mit der Herz Zehn und spielt dann Kreuz Bauer aus. Das Karlchen der Gegenpartei ist sicher verhindert und eventuell macht man selbst Karlchen.

Zusammenfassung:
Karlchen

Häufiges Trumpf spielen erhöht die Chance auf Karlchen.

Um Karlchen zu verhindern, hebt man sich eine rote Dame für den letzten Stich auf.

8 Die Vorbehalte

Die höchsten Vorbehalte sind die Solospiele in der Reihenfolge

1. Damensolo
2. Bauernsolo
3. Farbensolo
4. Fleischloser

Nur bei diesen vier Spielen spielt ein Spieler (der Solist) gegen drei andere Mitspieler. Der Solist hat das Ausspielrecht im ersten Stich. Neben diesen vier Vorbehalten gibt es in den Turnierspielregeln nur noch

5. Hochzeit
6. Stille Hochzeit

als Vorbehalt. Stille Hochzeit ist ein Solospiel, das nicht angemeldet wird. Der Solospieler hat damit auch nicht das Ausspielrecht im ersten Stich. Ansonsten gelten für die Stille Hochzeit die Regeln des Karo-Farbensolos.

In diesem Buch werden zwei weitere Vorbehalte behandelt, die häufig gespielt werden, auch wenn sie nicht in den Turnierspielregeln des Deutschen Doppelkopf-Verbandes aufgeführt sind:

7. Trumpfabgabe
8. Fünf Neunen

8.1 Damensolo

8.1.1 Entscheidung, ob ein Damensolo gespielt wird

Ein Damensolo zu spielen ist nur sinnvoll, wenn man mit dem Solo mehr Punkte gewinnt als mit einem gewöhnlichen Spiel. Wenn man das Solo gewinnt und "Re" gesagt hat, bekommt man drei Punkte von jedem Gegenspieler, also insgesamt neun Punkte. Da man mit einem gewöhnlichen Spiel nur selten neun Punkte erreicht, lohnt es sich fast immer das Solo zu spielen, wenn es sicher gewonnen wird.

Faustregel:

- Bei vier Stichen, die man abgibt, ist ein Damensolo fast immer gewonnen.
- Bei fünf Stichen, die man abgibt, ist ein Damensolo meistens verloren.

Eine einfache Rechnung erklärt diese Faustregel:

In den vier Stichen der Gegenspieler liegen 16 Karten. Wenn die Gegenspieler in diesen vier Stichen acht Volle (z.B. vier Asse und vier Zehnen mit 84 Augen) machen, reichen selbst acht Könige (32 Augen) nicht aus, um 120 Augen zu erreichen. Da es nur 16 Volle gibt, braucht der Solospieler nur acht Volle zu bekommen und der Sieg ist ihm mit vier Abstichen nicht mehr zu nehmen. Selbst mit sieben Vollen gewinnt der Solospieler noch, da es den Gegenspielern kaum gelingen wird, nur Könige neben den Vollen zu erhalten.

Mit vier Abstichen kann man das Spiel nur verlieren, wenn man eine lange Farbe und ein As in einer anderen Farbe hat. In der langen Farbe bekommt man alle vier Vollen plus das weitere eigene As ergibt fünf Volle. Jetzt kann man nur durch Stechen weiterer Asse und Zehnen den Sieg noch retten.

Ein Damensolo mit fünf Abstichen ist nur durch geschicktes Spiel zu gewinnen. Eine gute Siegchance besteht, wenn einer der Stiche ein Trumpfstich mit wenig Augen ist.

Regel:

Wenn man nur vier Abstiche mit maximal acht Vollen hat, ist ein Damensolo sicher gewonnen.

8.1.2 Berechnung der Zahl der Abstiche

Im Folgenden werden verschieden Kartenverteilungen einer Fehlfarbe auf die Anzahl der Abstiche hin untersucht.

– Zwei Karten in einer Farbe ohne As

  Die Chance ist sehr gering, einen Stich zu machen. Nur wenn man diese Farbe so lange hält, bis alle Gegenspieler nur noch eine Karte in dieser Farbe haben, kann man auf die zweite Fehlkarte einen Stich machen.

– As mit einer weiteren Karte

  Auch hier macht man mit der weiteren Karte nur einen Stich, wenn man diese Farbe erst spielt, wenn die Gegenspieler jeweils nur noch eine Karte dieser Farbe haben.
  Trotzdem ist die Wahrscheinlichkeit gering, da sich ein geübter Spieler kaum ein As blank spielt, wenn die Farbe dieses Asses noch nicht gelaufen ist.

– As, Zehn und eine weitere Karte

  Bei geschicktem Spiel macht man zwei Stiche in dieser Farbe.
  Es gibt zwei Möglichkeiten, dies zu erreichen:

  Die sichere Methode ist abzuwarten, bis die Gegenspieler das As in dieser Farbe bringen. Man bedient mit der kleinen Karte und anschließend sind As und Zehn hoch.

  Häufig ist es jedoch nicht möglich, die Gegenspieler ans Spiel zu bringen oder die Gegenspieler spielen diese Farbe nicht. Dann bleibt nur noch eine andere Möglichkeit:

  Gegen Ende des Spieles (z.B. neunter Stich) zieht man das As dieser Farbe. Anschließend spielt man die kleine Karte in der Hoffnung, dass das As fällt (z.B. weil es blank ist). Anschließend sticht man ein und spielt die Zehn im 12. Stich.

- As, Zehn und zwei weitere Karten

  Mit dieser Kartenverteilung geht man genauso vor, wie mit As, Zehn und einer weiteren Fehlkarte. Wichtig ist, dass man diese Farbe erst sehr spät bringt, damit die Gegenspieler schon möglichst viele Karten dieser Farbe abgeworfen haben.

- As, As und mehrere kleine Fehlkarten

  Man gibt maximal einen Stich ab, wenn ein Spieler drei Karten in dieser Farbe hat. Je später man diese Farbe bringt, um so größer ist die Chance, dass dieser Spieler durch Abwerfen die Zahl seiner Karten auf zwei reduziert hat.

- As, As, Zehn und mehrere kleine Fehlkarten

  Mit hoher Wahrscheinlichkeit macht man alle Stiche in dieser Farbe. Nur wenn ein Spieler vier Karten in dieser Farbe hat, gibt man einen Fehlstich ab. Wenn man selbst fünf Karten in dieser Farbe hat, ist es sehr unwahrscheinlich, dass ein Spieler vier von den verbleibenden fünf Karten hat.

- Zehn, Zehn und König

  Die Asse der Gegenspieler machen zwei Stiche, nur mit sehr viel Glück fallen die Asse in einen Stich.

- Zehn, Zehn und weitere Fehlkarten

  Die Gegenspieler machen zwei Stiche, eventuell mit einem König einen dritten Stich.

Nachteilig an den beiden letzten Fehlkartenverteilungen ist zusätzlich, dass der Solospieler immer wieder das Ausspielrecht, z.B. durch Stechen, zurückgewinnen muss. D.h. nur mit vielen Trümpfen kann er es riskieren, im Solo eine lange Farbe ohne Asse zu haben.

Abstiche in Trumpf

Abstiche in Trumpf sind leicht berechnet. Falls die zweite Kreuz Dame fehlt, muss man immer damit rechnen, dass diese Kreuz Dame besetzt ist und einen Stich macht. Falls man beide Kreuz Damen hat, macht man gewöhnlich alle Trumpfstiche. Ein Gegenspieler müsste schon drei Damen haben, um in Trumpf einen Stich zu machen. Wenn der Solospieler z.B. vier Damen hat, ist es unwahrscheinlich, dass ein Gegenspieler drei Damen auf der Hand hält.

Generell kann man sagen, dass Abstiche in Trumpf nicht so kritisch sind, weil ja immer mindestens zwei Damen in diesem Stich sind.

Ein kleiner Trick, um die Augenzahl des Trumpfstichs der Gegenspieler weiter zu reduzieren ist, das vorläufige "Stehen lassen" der gegnerischen Dame. Mit dem "Stehen lassen" ist gemeint, dass man nach dem Ziehen einer oder beider Kreuz Damen die verbliebene gegnerische Dame nicht sofort wegspielt, sondern das Trumpfspielen beendet und auf Fehlfarben wechselt. Die beiden anderen Spieler ohne Damen werden jetzt denken, alle Damen wurden weggezogen. Und wenn irgendwann der Solospieler eine kleine Dame ausspielt, werden sie nicht schmieren, da sie bei ihrem Partner keine Dame mehr erwarten.

Ein Solo mit fünf Abstichen kann gewonnen werden, wenn einer dieser fünf Abstiche ein Trumpfstich mit wenig Augen ist.

8.1.3 Der Spielablauf eines Damensolos

1. Zuerst zieht der Solospieler nach Möglichkeit den Gegenspielern die Damen weg.
2. Bevor er die Gegenspieler das erste Mal anspielt, spielt er seine blanken Asse.
3. Anschließend spielt er die Gegenspieler mit einer kleinen Fehlfarbenkarte an. Hiermit kann der Solospieler zwei unterschiedliche Ziele verfolgen:

Wegspielen von hohen Karten der Gegenspieler in der eigenen langen Farbe oder Wegspielen von kleinen Fehlkarten, bevor ein Gegenspieler sich in dieser Farbe abgeworfen hat und schmieren kann.

Das Anspielen der Gegenspieler ist natürlich nur so lange möglich, wie man noch Trümpfe zum Einstechen hat.

4. Falls der Solospieler keine Schwachpunkte in kurzen Farben mehr hat oder keine Trümpfe zum Einstechen mehr hat, spielt er seine lange Farbe von oben.
5. Am Ende des Spiels versucht der Solospieler mit den kleinen Karten seiner lange Farben Stiche zu machen.

Beispiel:

Das Beispiel umfasst ein komplettes Spiel, um die Taktik beim Spielen eines Damensolos vollständig darzustellen.

Spieler A hat folgendes Blatt:

Kreuz Dame	Kreuz As	Herz As	Pik As
Kreuz Dame	Kreuz 10	Herz König	
Pik Dame		Herz Bauer	Karo König
Herz Dame		Herz 9	

Spieler A hat im ungünstigsten Fall 5 Abstiche. Die Chance ist jedoch gut in Herz einen weiteren Stich zu machen. Da A im gewöhnlichen Spiel eine Hochzeit mit nur 6 Trümpfen spielen müsste, zieht er das Damensolo vor.

	A	B	C	D
1. Stich	***Kreuz Dame***	Karo Dame	Karo Dame	Herz Bauer
2. Stich	***Pik Dame***	Pik Dame	Herz Dame	Karo 9

Spieler A schließt aus diesem Stich, dass D kein Herz mehr hat. B und C haben die 5 anderen Herzkarten, mit hoher Wahrscheinlichkeit sitzen die Herzkarten 3 zu 2.
Bevor Spieler A die Gegner anspielt muss das blanke As ausgespielt werden. Außerdem spielt Spieler A das Kreuz As, um die Möglichkeit zu haben, die Kreuz Zehn abzuwerfen.

	A	B	C	D
3. Stich	***Kreuz As***	Kreuz 9	Kreuz 9	Kreuz Bauer
4. Stich	***Pik As***	Pik 9	Pik Bauer	Pik 9
5. Stich	***Herz 9***	Herz 10	Herz 10	Karo 10

	B	C	D	*A*
6. Stich	Karo 10	Karo As	Karo König	***Karo König***

	C	D	*A*	B
7. Stich	Karo As	Karo Bauer	***Herz Dame***	Karo 9

Spieler A entscheidet sich zu stechen und nicht Kreuz Zehn abzuwerfen. Hier wäre auch ein Abwerfen der Kreuz Zehn möglich gewesen in der Hoffnung, dass Spieler B keinen Vollen schieren kann.

	A	B	C	D
8. Stich	***Herz Bauer***	Herz As	Herz König	Pik 10

	B	C	D	*A*
9. Stich	Pik As	Pik König	Pik König	***Kreuz 10***

Spieler A entscheidet sich Kreuz Zehn abzuwerfen, da die Gegenspieler mit diesem Stich 115 Augen haben. Den 10. Stich sticht A um dann im 11. und 12. Stich Herz As und Herz König zu spielen. Spieler A hat mit 125:115 Augen gewonnen.

Spieler A hätte 2 Fehler machen können, die jeder für sich ausgereicht hätten, um das Spiel zu verlieren.

Erste Fehlermöglichkeit:

A spielt nicht das Kreuz As aus. Jetzt wäre das Abwerfen der Kreuz Zehn im 9. Stich nicht möglich gewesen. A hätte im letzten Stich die Kreuz Zehn ausspielen müssen und die Gegenspieler hätten mit Kreuz As, Kreuz Zehn und Pik Zehn im letzten Stich 127 Augen erreicht.

Zweite Fehlermöglichkeit:

Ausspielen von Herz As im 5. Stich. Jetzt bekommt Spieler A den Herz König von Spieler C. Spieler C kann statt dessen im dritten Herz-Stich einen Vollen schmieren.

Die erste Fehlermöglichkeit zeigt wie gefährlich es ist, einen Schwachpunkt (in diesem Fall die Kreuz Zehn) bis zum letzten Stich aufzuheben. Der Stich enthält wesentlich mehr Augen, da die Gegenspieler im letzten Stich meistens nur noch Asse und Zehnen haben.

8.1.4 Das Mitzählen der Augen bei einem Solo

Bei einem Solo ist das Mitzählen der Augen Pflicht. Nur so kann man entscheiden, ob man den Gegenspielern noch durch Abwerfen einen Stich lassen darf oder ob die Gegenspieler mit diesem Stich bereits zuviel Augen haben und der Stich gestochen werden muss.

Wenn das Mitzählen der Augen schwerfällt, gibt es noch eine kleine Vereinfachung beim Mitzählen der Augenzahl der Gegenspieler: Die 30-Augen-Regel. Falls die Gegenspieler vier Stiche machen, so zählt man bei jedem Stich der Gegenspieler nur die Differenz zu 30-Augen. Da die Gegenspieler insgesamt unter 120 Augen gehalten werden müssen, muss die Differenz negativ bleiben.

Wenn man die Zähltechnik auf das letzte Beispiel anwendet, ergibt sich folgende Zählung:

5. Stich:	30 Augen	d.h. plus minus 0
6. Stich:	29 Augen	d.h. insgesamt minus 1
8. Stich:	27 Augen	d.h. insgesamt minus 4
9. Stich:	29 Augen	d.h. insgesamt minus 5

120 Augen minus fünf Augen ergibt 115 Augen. Die Gegenspieler haben verloren.

Falls man ein Solo mit fünf Abstichen spielt, muss man selbstverständlich die 24-Augen-Regel anwenden. Bei einem Solo mit sechs Abstichen und mehr hilft dagegen nur noch die "Augen zu und durch"-Regel.

8.1.5 Die Spieltaktik der Gegenspieler eines Solospielers

8.1.5.1 Trümpfe

Gewöhnlich werden den Gegenspielern die Trümpfe bei einem Damensolo in den ersten beiden Stichen vom Solospieler abgeholt. Nachdem die Trumpfstiche gelaufen sind, ist es wichtig die Zahl der Trümpfe, die der Solospieler noch hat, zu verfolgen.

Wenn man die Trumpfanzahl kennt, kann man ausrechnen, wie oft der Alleinspieler noch stechen kann und wie viel Fehlkarten er noch hat.

8.1.5.2 Abwerfen in Stiche des Solospielers

In Stiche des Solospielers wirft man Fehlkarten einer Farbe ab, in der man keine Vollen hat, um anschließend in dieser Farbe schmieren zu können.

Das erste Ziel des Abwerfens besteht darin zu erreichen, dass man in jeden möglichen Stich der eigenen Mannschaft einen Vollen schmieren kann. Das zweite Ziel des Abwerfens ist das Halten und das Besetzthalten der Karten, die noch einen Stich machen können.

Es ist also völlig falsch, die Fehlkarten nach ihrer Augenzahl abzuwerfen (z.B. zuerst alle Neunen weg). Viel wichtiger ist es, dass man die Karten in den Farben hält, in denen man selbst Stiche machen kann. Asse müssen einfach besetzt gehalten werden, Zehnen sollten am besten dreifach besetzt gehalten werden. Abwerfen wird man kurze Farben in denen man keine Vollen hat und Farben, die der Solospieler sticht.

8.1.5.3 Abwerfen in Stiche der eigenen Mannschaft

In Stiche der eigenen Mannschaft sollte man möglichst immer Volle schmieren. Nur Asse oder Zehnen, die selbst noch Stiche machen, sollten nicht geschmiert werden. In Stiche der eigenen Mannschaft wirft man Volle in folgender Reihenfolge:

1. Zehnen oder Asse, die blank sind

2. Asse und Zehnen von Farben, die der Solospieler gestochen hat

3. Zehnen, die nur einfach besetzt sind

4. Zehnen von Farben, in denen man noch mehr Volle hat

Das Schmieren einfach besetzter Zehnen besitzt den kleinen Nachteil, dass man der eigenen Mannschaft nicht mehr Schmieren kann, wenn diese Farbe läuft. Aber es beseitigt auch das Risiko, dass diese Zehnen vom Solospieler mit zwei Assen abgeholt werden können.

8.1.5.4 Das Ausspielen

Die Gegenspieler sollten bevorzugt Farben ausspielen, die der Solospieler stechen muss. Mit einer geringeren Anzahl von Trümpfen ist auch der Gestaltungsspielraum des Solospielers kleiner. Er kann die Gegenspieler nicht mehr so oft anspielen. Und wenn der Solospieler seinen letzten Trumpf verbraucht hat, muss er seine restlichen Fehlkarten von oben spielen. Falls jetzt die Gegenspieler noch einmal ans Spiel kommen, können sie ihre hohen Fehlfarbenkarten spielen und machen damit die restlichen Stiche.

Um das Ziel "Stechen des Solospielers" zu verwirklichen, spielt man in der langen Farbe Asse. Falls der Solospieler bereits einmal gestochen hat, können auch Zehnen gespielt werden. Man spielt Asse oder Zehnen, um ein Abwerfen des Solospielers zu verhindern und um möglichst viele Augen zu bekommen, falls der Solospieler bedient oder doch eine Karte abwirft.

Man sollte es vermeiden, die Fehlfarbe zu spielen, in der man vom Solospieler angespielt wurde. Falls der Solospieler diese Farbe lang hat, hilft das Nachspielen dieser Farbe nur dem Solospieler. Man sollte es auch vermeiden, ein As in einer kurzen Farbe auszuspielen. Falls der Solospieler diese Farbe lang hat, hilft ihm das Ausspielen dieses Asses ebenfalls.

Zusammenfassung:
Damensolo

Man spielt ein Damensolo, wenn das Solo mehr Punkte bringt als ein gewöhnliches Spiel.

Das Solo wird sicher gewonnen, wenn man vier oder weniger Stiche an die gegnerische Mannschaft abgibt.

Der Solospieler zieht den Gegenspielern zuerst die Trümpfe weg.

Der Solospieler spielt seine Schwachpunkte rechtzeitig weg, um zu vermeiden, dass die Gegenspieler viele Augen in diesen Stichen bekommen.

Durch das Wegspielen der gegnerischen Fehlkarten in seiner langen Farbe erreicht der Solospieler, dass er zum Schluss auf die kleinen Karten der langen Fehlfarbe Stiche macht.

Die Gegenspieler werfen ihre Karten so ab, dass sie in mögliche Stiche der eigenen Mannschaft jederzeit schmieren können, und dass sie hohe Karten, die noch Stiche machen können, ausreichend besetzt halten.

Die Gegenspieler versuchen, den Solospieler zum Stechen zu zwingen, z.B. durch das Spielen von Assen in einer langen Farbe.

Die Gegenspieler halten Asse in einer kurzen Farbe zurück.

8.2 Bauernsolo

Alle Regeln und Ratschläge für das Damensolo lassen sich auf das Bauernsolo übertragen. Nur bei der Entscheidung, ob man spielen soll, gibt es einen Unterschied zum Damensolo:
Bei einem gewöhnlichen Spiel hat man mit mehreren Damen, eventuell sogar mit einer Hochzeit, meistens gute Siegeschancen.

Mehrere Bauern bringen dagegen im gewöhnlichen Spiel keine besonderen Vorteile. Wenn man neben den Bauern wenig Trümpfe hat, drohen im gewöhnlichen Spiel sogar hohe Niederlagen.

Falls also im gewöhnlichen Spiel eine hohe Niederlage droht, sollte man es vorziehen, ein riskantes Bauernsolo zu spielen. Mit Glück gewinnt man, wenn man verliert, erhält man für das einfach verlorene Spiel drei mal einen Minuspunkt, also drei Minuspunkte.

Manchmal kann es sogar sinnvoll sein, ein Verlustminimierungssolo zu spielen. Das heißt, dass das Solo bei normalem Spielverlauf sicher verloren ist. Da man im gewöhnlichen Spiel aber mit mehr als drei Minuspunkten rechnet, zieht man das Solo vor. Vorsicht ist nur geboten, wenn man einen Mitspieler am Tisch hat, der sich traut, auch bei einem Solo "Kontra" zu sagen. Dann bringt ein Verlustminimierungssolo neun Minuspunkte.

Die Überlegungen zum Thema Verlustminimierungssolo gelten selbstverständlich auch für das Solospiel Fleischloser (siehe unter 8.4. in diesem Kapitel).

Beispiel 1:

Verlustminimierungssolo

Spieler A hat ein Bauernsolo mit maximal fünf Abstichen in Fehlfarben und ein bis zwei Abstichen in Trumpf.

Kreuz Bauer	Kreuz As	Herz As	Pik König
Pik Bauer	Kreuz 10	Herz As	Pik 9
Herz Bauer	Kreuz 9	Herz König	
Karo Bauer			

Im gewöhnlichen Spiel droht dem Spieler A mit nur vier Trümpfen eine hohe Niederlage. Daher entscheidet sich Spieler A für ein riskantes Bauernsolo. Mit Glück ist der Kreuz Bauer der Gegenspieler blank, dann könnte Spieler A mit dem Pik Bauern noch einmal ziehen und würde in Trumpf keinen Stich abgeben. Falls die Gegenspieler Kreuz As ausspielen, würde auch die Kreuz Zehn einen Stich machen. Die Zahl der Abstiche reduziert sich auf vier, das Spiel wäre gewonnen.

Im folgenden Beispiel wird es Spieler A jedoch nicht so leicht gemacht.

	A	B	C	D
1. Stich	***Kreuz Bauer***	Karo Bauer	Herz Bauer	Pik Bauer

Der andere Kreuz Bauer ist nicht blank. A spielt jetzt jedoch nicht Trumpf, sondern lässt den Kreuz Bauern vorläufig stehen.

2. Stich	***Pik 9***	Pik König	Pik 10	Pik As

Spieler A kann jetzt nur noch gewinnen, wenn er insgesamt fünf Stiche abgibt. Das heißt, er muss auf Kreuz Zehn oder auf Herz König einen Stich machen.
Für fünf Abstiche zählt A nach der 24-Augen-Regel, der zweite Stich hat 25 Augen, Spieler A zählt "+1". Jetzt hofft Spieler A darauf, dass die Gegenspieler Kreuz As spielen und er wäre alle Sorgen los.

	D	*A*	B	C
3. Stich	Karo As	***Karo Bauer***	Karo Dame	Karo 9

Karo ist die ungünstigste Farbe für Spieler A, da er stechen muss. Abwerfen hat an zweiter Stelle keinen Sinn, da noch zwei Gegenspieler anschließend schmieren können.

Spieler A spielt jetzt wie zufällig einen Bauern, um den Kreuz Bauern wegzuziehen.

	A	B	C	D
4. Stich	***Herz Bauer***	Kreuz 9	Kreuz Bauer	Karo 10

Die Gegenspieler wissen, dass nur noch ein Bauer im Spiel ist. Daher spielen sie wieder Karo, um Spieler A zum Stechen zu zwingen.

	C	D	*A*	B
5. Stich	Karo As	Karo König	***Pik König***	Karo 10

Wenn Spieler A gestochen hätte, hätte er bereits sicher verloren. Er hätte anschließend nur noch seine drei Asse spielen können und die vier Fehlkarten Kreuz Zehn, Kreuz Neun, Pik Zehn und Herz König an die Gegenspieler abgegeben.

Spieler C macht jetzt einen Fehler. Er spielt nochmals Karo, obwohl in Karo alle vier vollen Karten weg sind. An dieser Stelle gilt die alte Skat-Regel: Hast du As und Zehn gesehen, musst du andere Farbe ziehen.

	C	D	*A*	B
6. Stich	Karo 9	Karo König	***Kreuz 10***	Herz 10

Spieler A gibt es auf, mit Kreuz Zehn einen Stich zu machen, sondern nutzt diesen Stich mit wenig Augen, um abzuwerfen. Er wirft zuerst die Kreuz Zehn ab, um bei den Gegenspielern den Eindruck zu erwecken, dass er keine weiteren kleinen Kreuz hat.

	D	*A*	B	C
7. Stich	Pik As	***Pik Bauer***	Pik Dame	Pik Dame

Spieler A kann es sich nicht mehr leisten, nochmals abzuwerfen. Falls er Kreuz Neun abwirft, ist das Kreuz As blank und kann abgeholt werden. Außerdem besteht nach der abgeworfenen Herz Zehn im sechsten Stich die Chance, mit Herz König einen Stich zu machen. Die Gegenspieler können nur noch gewinnen, wenn sie im letzten Stich auf die Kreuz Neun mindestens 28 Punkte machen. Da es außer in Herz nur noch drei Volle gibt (Kreuz As, Kreuz Zehn, und Pik Zehn), müssten diese drei Vollen schon perfekt gleichmäßig auf die Gegenspieler verteilt sein.

	A	B	C	D
8. Stich	***Herz As***	Herz König	Herz 9	Herz 9
9. Stich	***Herz As***	Herz 10	Herz Dame	Pik 9
10. Stich	***Herz König***	Kreuz Dame	Herz Dame	Kreuz Dame
11. Stich	***Kreuz As***	Kreuz König	Karo Dame	Kreuz 10
12. Stich	***Kreuz 9***	Kreuz König	Pik 10	Kreuz As

Der letzte Stich hat 25 Augen, die 24-Augen-Zählung bleibt bei minus 3 stehen. Das Solo wurde mit 123:117 gewonnen.

Die spielentscheidende Situation war der sechste Stich. Der Solospieler kann einen Schwachpunkt in einem Stich mit wenig Augen abwerfen und der Gegenspieler B schmiert mangels anderer voller Karten die Herz Zehn.

Zum Abschluss noch eine Variante zum Thema Trumpf stehen lassen. Man kann den hohen Trumpf der Gegner auch bis zum Ende des Spiels stehen lassen und dann versuchen dem gegnerischen Trumpf einen Stich anzudrehen, der der gegnerischen Mannschaft sowieso schon gehört.

Beispiel 2:

Der Solospieler A hat noch Herz Neun, Karo Neun und einen Karo Bauern. Gegenspieler D hat noch einen Kreuz Bauern.

	A	B	C	D
10. Stich	***Herz 9***	Herz 10	Herz König	Herz 10

	B	C	D	*A*
11. Stich	Herz As	Herz Dame	Pik König	***Karo Bauer***

	A	B	C	D
12. Stich	***Karo 9***	Karo 10	Karo As	Kreuz Bauer

Falls D den vorletzten Stich gestochen hätte, hätte A die Karo Neun abgeworfen und den letzten Stich gemacht.

Zusammenfassung:

Bauernsolo

Für das Bauernsolo gelten die gleichen taktischen Regeln wie für das Damensolo.

Man kann ein riskantes Bauernsolo spielen (Verlustminimierungssolo), wenn man im gewöhnlichen Spiel eine hohe Niederlage erwartet.

8.3 Farbensolo

Beim Farbensolo kann der Solospieler die Karokarten Karo As, Karo Zehn, Karo König und Karo Neun durch die acht Karten einer schwarzen Fehlfarbe oder durch die sechs Fehlkarten in Herz ersetzen. Er kann aber auch Karo als Trumpf beibehalten.

Die Herz Zehnen als höchste Trümpfe und die Damen und Bauern bleiben in jedem Fall als Trumpf bestehen.

Zusätzlich zur Wahl der Trumpffarbe erhält der Farbensolospieler (wie jeder andere Solospieler auch) das Ausspielrecht.

Bevor die Taktik des Farbensolos im Detail diskutiert wird, noch eine einleitende Aussage:

Es werden zu selten Farbensoli gespielt!

Viele Spieler übersehen die Chance, ein Farbensolo zu spielen oder scheuen das Risiko dieses Solos, weil sie mit einem guten Blatt auch im gewöhnlichen Spiel gute Siegchancen haben. Wenn man jedoch mehrfach von oben ziehen kann, sollte man grundsätzlich prüfen, ob es eine Trumpffarbe gibt, die es ermöglicht, ein Farbensolo zu spielen.

8.3.1 Entscheidung, ob ein Farbensolo gespielt wird

Wie beim Damen- und Bauernsolo gilt auch beim Farbensolo:

Man spielt das Solo, wenn das gewonnene Solo mehr Punkte bringt als das gewöhnliche Spiel. Ein mit "Re" gewonnenes Solo bringt mindestens neun Punkte, diese Punktzahl ist mit einem gewöhnlichen Spiel kaum zu erreichen.

Es bleibt also nur noch zu prüfen, ob man das Farbensolo gewinnen kann.

Regel 1:

Sieben Stiche reichen fast immer aus, um ein Farbensolo zu gewinnen.

Es bleibt die Schwierigkeit abzuschätzen, wie viel Stiche man macht. Die Anzahl der eigenen Stiche hängt von der Verteilung der Fehlkarten und von der Verteilung der Trümpfe ab.

Abschätzung der Anzahl der Trumpfstiche:

Beim Kreuz-, Pik- oder Karo-Farbensolo gibt es 26 Trümpfe. Falls der Solospieler z.B. zehn Trümpfe hat, bleiben für die Gegenspieler 16 Trümpfe. Diese Trümpfe sind idealerweise 6:5:5 verteilt, es kann aber auch ein Gegenspieler sieben Trümpfe haben. Um zu verhindern, dass die Gegenspieler alle Trumpfstiche machen und um zu vermeiden, dass die Gegenspieler ihre langen Fehlfarben als Hilfstrümpfe spielen, sind eigene hohe Trümpfe erforderlich.

Regel 2:

Man sollte mehrfach Trumpf ziehen können.

Im Folgenden sind beispielhaft einige Zusammenstellungen von hohen Trümpfen aufgeführt, die für ein Ziehen beim Farbensolo geeignet sind:

1. Herz Zehn, Herz Zehn, Kreuz Dame

Das sind die idealen Karten zum Ziehen beim Farbensolo. Wenn der Solospieler dreimal zieht und einmal Trumpf nachspielt, sind bereits vier Trümpfe pro Spieler weggezogen. Es sind nur noch zehn Trümpfe im Spiel. Wenn man selbst noch sechs Trümpfe hat (d.h. insgesamt zehn Trümpfe hatte), bleiben den Gegenspielern nur noch vier Trümpfe.

2. Herz Zehn, Kreuz Dame, Kreuz Dame, Pik Dame

Auch hier kann man viermal Trumpf spielen, wobei die Gegenspieler mit ihrer Herz Zehn einmal die Möglichkeit haben, das Ziehen zu unterbrechen und eine Fehlfarbe zu spielen.

3. Herz Zehn, Kreuz Dame, Pik Dame, Pik Dame, Herz Dame

Auch dieses Blatt ist geeignet zum Ziehen beim Farbensolo. Man kann fünfmal hohe Trümpfe ziehen, die Gegenspieler können das Ziehen zweimal unterbrechen.

> ***Regel 3:***
>
> Man sollte mindestens zehn Trümpfe haben.

Falls man z.B. nur neun Trümpfe hat, haben die Gegenspieler bereits 17 Trümpfe und mit hoher Wahrscheinlichkeit hat dann auch ein Gegenspieler sieben Trümpfe. Außerdem muss man drei Fehlkarten unterbringen. Falls die Gegenspieler diese Fehlkarten anschließend zum zweiten oder dritten Mal ausspielen, ist die Wahrscheinlichkeit hoch, dass auch ein Gegenspieler stechen kann.

Ein brauchbares Blatt für ein Farbensolo besteht aus zehn Trümpfen, davon drei bis vier hohe Trümpfe zum Ziehen und zwei Fehlkarten, darunter ein Fehl As.

8.3.2 Die Wahl der Trumpffarbe beim Farbensolo

Normalerweise wählt man die längste Fehlfarbe als neue Trumpffarbe. Nur bei Herz muss zusätzlich berücksichtigt werden, dass es in der Fehlfarbe Herz zwei Karten weniger gibt, da die Herz Zehnen bereits Trumpf sind.

Beispiel 1:

Der Solospieler hat:

Kreuz As   Karo König
Kreuz As   Karo König

Jetzt wählt der Solospieler Karo als Trumpffarbe, da das Kreuz As als Fehlkarte einen Stich machen kann.

Beispiel 2:

Der Solospieler kann wählen zwischen:

Herz As Kreuz As
Herz König Kreuz König

Selbstverständlich wählt der Solospieler Herz-Farbensolo, da die Gegenspieler beim Herz-Farbensolo zwei Trümpfe weniger haben.

Besonders schwierig sind die Entscheidungen in den nächsten beiden Beispielen:

Beispiel 3:

Kreuz König Herz As

Soll der Solospieler auf einen Fehlstich verzichten, damit die Gegenspieler zwei Trümpfe weniger haben? Falls der Solospieler Herz als Trumpffarbe wählt, verliert er den Kreuz-Stich. Dafür hat er den Vorteil, dass die Gegenspieler zwei Trümpfe weniger haben. Mit zwei zusätzlichen Trümpfen könnten die Gegenspieler auch ein bis zwei zusätzliche Stiche machen. Der Vorteil der geringeren Trumpfanzahl der Gegenspieler wiegt schwerer als der verlorene Fehlstich. Außerdem ist es nicht sicher, ob das Herz As als Fehl-As tatsächlich durchgeht. In diesem Beispiel ist es also günstiger, Herz als Trumpffarbe zu wählen.

Beispiel 4:

Kreuz As Herz König
Kreuz 9

In diesem Fall ist es vorteilhafter Kreuz als Trumpffarbe zu wählen. Man hat dann elf Trümpfe, die Gegenspieler 15 Trümpfe. Hätte man Herz als Trumpffarbe gewählt, hätte man zehn Trümpfe und die Gegenspieler 14 Trümpfe. Der Verzicht auf einen Trumpf, nur damit die Gegenspieler auch einen Trumpf weniger haben, lohnt sich nicht.

Zum Abschluss noch eine Bemerkung zur Trumpffarbe Karo. In Spielrunden, die mit dem Vorbehalt Trumpfabgabe spielen, kann mit der

Wahl von Karo als Trumpffarbe vermieden werden, dass einer der Gegenspieler weniger als 4 Trümpfe hat. Dies gilt natürlich nur, wenn keiner der anderen Spieler Vorbehalte angemeldet hatte. Durch die Wahl von Karo als Trumpffarbe vermeidet man dann extreme Ungleichverteilungen der Trümpfe bei den Gegenspielern.

8.3.3 Der Spielablauf eines Farbensolos

Spieltaktik des Solospielers:
Der Solospieler spielt zuerst seine Fehl-Asse aus. Anschließend versucht er den Gegenspielern die Trümpfe so schnell wie möglich wegzuspielen. Er vermeidet es in die Mittelhandposition zu kommen. Er sticht Fehlfarben, die noch von allen Gegenspielern bedient werden können, mit kleinen Trümpfen.

Spieltaktik der Gegenspieler:
Die Gegenspieler spielen grundsätzlich Fehlfarben. Sie versuchen, den Solospieler immer in die Mittelhandposition zu bringen. Sie spielen zuerst die Fehlfarben, die ein Partner sicher oder mit hoher Wahrscheinlichkeit sticht.

Beispiel :

Spieler A spielt ein Pik-Farbensolo mit folgenden Karten:

Herz Zehn	Pik Bauer	Kreuz As
Kreuz Dame	Pik As	
Kreuz Dame	Pik Zehn	Herz Neun
Pik Dame	Pik König	
Kreuz Bauer	Pik Neun	

Der Solospieler A plant 4 Trumpfstiche und einen Herz-Stich für die Gegenspieler ein.

	A	B	C	D
1. Stich	***Kreuz As***	Kreuz 10	Kreuz 9	Kreuz 9

Nach diesem Stich sagt der Solospieler "Re".

	A	B	C	D
2. Stich	***Pik Dame***	Pik 10	Pik As	Herz 10

	D	***A***	B	C
3. Stich	Kreuz As	***Pik Bauer***	Kreuz 10	Kreuz König

Spieler A hat Glück gehabt, dass er nicht überstochen wurde. Obwohl er das Risiko sah, überstochen zu werden, hat er klein gestochen, um die hohen Trümpfe zum Ziehen zu verwenden.

	A	B	C	D
4. Stich	***Herz 10***	Pik 9	Pik König	Karo Bauer
5. Stich	***Kreuz Dame***	Karo Bauer	Herz Bauer	Kreuz Bauer
6. Stich	***Kreuz Dame***	Pik Bauer	Herz Bauer	Karo Dame
7. Stich	***Pik 9***	Karo Dame	Herz Dame	Karo As

Nach fünf Trumpfstichen haben die Gegenspieler von ursprünglich 16 Trümpfen nur noch zwei Trümpfe übrig behalten. Das heißt die Gegenspieler machen jetzt noch maximal drei Stiche. Das Farbensolo ist sicher gewonnen.

	C	D	***A***	B
8. Stich	Kreuz König	Karo 10	***Pik König***	Herz Dame

	B	C	D	*A*
9. Stich	Herz König	Herz As	Herz 9	***Herz 9***

	C	D	*A*	B
10. Stich	Herz As	Herz 9	***Pik 10***	Pik Dame

Die Pik Dame war der letzte Trumpf der Gegenspieler. Die Gegenspieler haben 111 Augen in fünf Stichen gemacht. Dieses Beispiel zeigt auch, dass der Farbensolospieler mindestens sieben Stiche machen muss, um sicher zu gewinnen.

Zusammenfassung:
Farbensolo

Wenn man mehrfach von oben ziehen kann, sollte man grundsätzlich prüfen, ob man ein Farbensolo spielen und gewinnen kann.

Sieben Stiche reichen fast immer aus, um ein Farbensolo zu gewinnen.

Um ein Farbensolo gewinnen zu können, sollte man mehrfach in Trumpf ziehen können und mindestens zehn Trümpfe haben.

Als Trumpffarbe wählt man die Fehlfarbe, die man am häufigsten hat. Hat man Herz und eine andere Fehlfarbe gleich lang, wählt man Herz.

Der Spielausgang beim Farbensolo hängt stark davon ab, ob es dem Solospieler gelingt, den drei Gegenspielern rechtzeitig die Trümpfe wegzuspielen.

Der Solospieler spielt grundsätzlich Trumpf, die Gegenspieler grundsätzlich Fehlfarben.

Die Gegenspieler versuchen, den Solospieler in die Mittelhandposition zu bringen, um dann Fehlfarben zu spielen, die ein Partner in Hinterhand stechen kann.

8.4 Fleischloser

Der Fleischlose ist dem Damen- und Bauernsolo in vielen Dingen sehr ähnlich, mit der einzigen Ausnahme: Es gibt keine Trümpfe.

Aufgrund der fehlenden Trümpfe kann der Solospieler das Ausspielrecht kaum noch zurückgewinnen, wenn er es einmal an die Gegenspieler verloren hat.

Außerdem gibt es in jeder Fehlfarbe zwölf Karten, d.h. es ist noch schwieriger, alle Karten in einer Fehlfarbe wegzuziehen.

8.4.1 Entscheidung, ob ein Fleischloser gespielt wird

Wie beim Damen- und Bauernsolo spielt man den Fleischlosen, wenn man mit dem Solo mehr Punkte gewinnt als mit dem gewöhnlichen Spiel.

Das heißt auch, dass man einen riskanten Fleischlosen, der knapp verloren werden kann, spielt, wenn man im gewöhnlichen Spiel mit einer hohen Niederlage rechnet.

Die Vier-Stiche-Regel vom Damen- und Bauernsolo wird beim Fleischlosen zu einer Drei-Stiche-Regel:
Sofern man drei oder weniger Stiche an die Gegenspieler abgibt, ist der Fleischlose sicher gewonnen.

Das Spielen eines Fleischlosen mit vier Abstichen ist jedoch wesentlich kritischer als vier Abstiche beim Damen- und Bauernsolo, da beim Fleischlosen die Gegenspieler gewöhnlich die vier letzten Stiche machen.

Die Berechnung der mit diesen vier Stichen erreichbaren Punktezahl ist also entscheidend:

Wie viel Augen müssen die drei Gegenspieler in ihren letzten drei mal vier Karten erreichen?

Wie viel Augen können die drei Gegenspieler in den letzten drei mal vier Karten erreichen?

Beispiel 1:

Spieler A hat eine lange Farbe mit As, As, Zehn und zwei weitere Asse. Er gibt sieben Augen in die vier Stiche der Gegenspieler.

Die Gegenspieler benötigen 113 Augen mit zwölf Karten. Von den 16 Vollen erhält Spieler A mindestens sechs Karten (vier in der langen Farbe und die zwei eigenen Asse). Für die Gegenspieler bleiben zehn Volle mit 104 Augen plus zwei Könige ergibt 112 Augen. Das Spiel ist für Spieler A nicht zu verlieren.

Beispiel 2:

Der Spieler hat die gleichen Karten wie im ersten Beispiel, aber er gibt drei Könige mit zwölf Augen in die Stiche der Gegenspieler.

Die Gegenspieler können mit ihren Karten wie im ersten Beispiel 112 Augen erreichen, mit den drei Königen des Solospielers sind es insgesamt 124 Augen. Jetzt wird es also schon riskant. Spieler A muss darauf hoffen, dass er mit seinen beiden Assen mindestens eine Zehn abholt.

> ***Die Vier-Stiche-Regel für den Fleischlosen***
>
> Wenn man vier Stiche an die Gegenspieler abgibt, muss man mindestens sieben Asse und Zehnen in den eigenen acht Stichen haben.

Mit einer langen Farbe und vier Abstichen ist daher der Fleischlose meistens verloren.

Theoretisch kann das Spiel auch mit sieben Vollen in den eigenen Stichen verloren gehen: z.B. vier Asse, fünf Zehnen, fünf Könige und zwei Damen = 120 Augen. Diese Augenzahl wird jedoch nur erreicht, wenn auch der Solospieler Zehnen, Könige und Damen in die vier Stiche der Gegenspieler legt.

8.4.2 Berechnung der Zahl der Abstiche

Im Folgenden werden verschiedene Verteilungen einer Fehlfarbe diskutiert.

Da es beim Fleischlosen zwölf Karten in jeder Farbe gibt, erfordert das Wegziehen aller Fehlkarten einer Farbe meistens drei Karten, d.h. zwei Asse und die Zehn.

– Zwei Asse, eine Zehn und weitere Fehlkarten

  Mit hoher Wahrscheinlichkeit reicht das dreifache Ziehen in dieser Farbe aus, um alle gegnerischen Fehlkarten wegzuziehen.

– Zwei Asse, keine Zehn und weitere Fehlkarten

  Theoretisch reicht das zweimalige Ziehen aus, wenn die Gegenspieler jeweils zwei Karten haben. Wenn die Gegenspieler z.B. sechs Karten haben, ist die Wahrscheinlichkeit, dass alle Gegenspieler zwei Karten haben, 14,6 %, also nur 1:7 (die Wahrscheinlichkeit ist genau gleich der Wahrscheinlichkeit, dass eine schwarze Fehlfarbe zweimal durchgeht). Das heißt, man muss schon sieben oder acht Fehlkarten haben, um halbwegs sicher zu sein, dass kein Gegenspieler drei Karten in dieser Fehlfarbe hat.

– As mit Fehlkarten besetzt

  Nur das As macht einen Stich.

– As, Zehn, Zehn

  Nur wenn man nach dem Wegspielen des gegnerischen Asses das Ausspielrecht zurückgewinnt, kann man auf eine Zehn einen Stich machen.

8.4.3 Der Spielablauf eines Fleischlosen

Der Spielablauf eines Fleischlosen ist sehr einfach. Der Solospieler spielt seine Asse und Zehnen sowie gegebenenfalls seine langen Farben von oben herunter. Sobald die Gegenspieler das Ausspielrecht haben, bringen sie ihre eigene lange Farbe und machen normalerweise die restlichen Stiche.

Beispiel 1:

Spieler A hat

Pik As	Pik As	Pik 10	Pik König	Pik Dame	Pik 9	Pik 9
Kreuz As	Kreuz As	Kreuz 9				
Herz As	Herz 9					

Mit diesem Blatt wird Spieler A zuerst Pik spielen. Falls kein Spieler mehr als drei Pikkarten hat, macht A zuerst alle sieben Pik-Stiche. Anschließend spielt er die Kreuz Asse in der Hoffnung, dass inzwischen alle Spieler nur noch zwei Kreuzkarten haben. Ist auch dies der Fall, macht er mit Kreuz Neun einen Stich. Falls ein Spieler noch Kreuz hat, spielt er zuerst sein Herz As, um anschließend den Gegenspielern die letzten beiden Stiche zu überlassen.

Beispiel 2:

Fleischloser mit besetzten Assen in allen vier Farben

Falls der Solospieler in allen vier Fehlfarben besetzte Asse hat, kann er es sich leisten, die Gegenspieler anzuspielen. D.h. er kann in seiner langen Farbe die Karten der Gegenspieler wegspielen, auch wenn er nur zwei Asse zum Ziehen hat. Außerdem besitzt dieses Verfahren den Vorteil, dass die Gegenspieler nicht so viele Augen in ihren Fehlstichen erreichen.

Spieler A hat

Pik As	Pik As	Pik König	Pik Bauer	Pik Bauer
Kreuz As	Kreuz As	Kreuz 9		
Herz As	Herz Bauer			
Karo As	Karo 9			

Dieses Blatt verspricht im gewöhnlichen Spiel eine hohe Niederlage. Auch der Fleischlose wäre beim Ziehen von oben mit sechs Abstichen sicher verloren.

Spieler A sieht jedoch durch Ausspielen eines Pik Bauern eine Chance.

	A	B	C	D
1. Stich	***Pik Bauer***	Pik 10	Pik Dame	Pik 10

Falls Spieler D vier Pikkarten gehabt hätte, wäre es von D ein genialer Spielzug gewesen, die Zehn zu schonen. Aber nur die wenigsten Spieler trauen es sich in dieser Situation, die Zehn zu schonen.

Nachdem die beiden Pik Zehnen weg sind, ist das Spiel für den Solospieler sicher gewonnen. Die drei Gegenspieler müssten in drei Stichen mit ihren neun Karten 93 Augen machen: (120 - 25 (1. Stich) - 2 (vom Solospieler) = 93). Das ist mit acht verbliebenen Vollen nicht mehr möglich.

Beispiel 3:

Verlustminimierungssolo

Spieler A hat die Karten aus dem ersten Beispiel, nur in Kreuz hält er Kreuz As, Kreuz 10, Kreuz 10:

	A	B	C	D
1. Stich	***Pik Bauer***	Pik 10	Pik Dame	Pik 10

Falls die Gegenspieler jetzt zufällig Kreuz As spielen, ist das Spiel wiederum wie im zweiten Beispiel sicher gewonnen.

Falls die Gegenspieler Kreuz nicht ausspielen, wird der Solospieler mit fünf Abstichen verlieren. Der Solospieler erhält 3 x 1 = 3 Minuspunkte (sofern kein "Kontra" gesagt wurde). Mit diesem Blatt hätte ihm im gewöhnlichen Spiel eine ähnliche oder höhere Niederlage gedroht.

8.4.4 Die Spieltaktik der Gegenspieler beim Fleischlosen

Es gelten grundsätzlich die gleichen Regeln wie beim Damen- und Bauernsolo, mit der einzigen Ausnahme, dass es keine Trümpfe gibt:

Abwerfen der Farben, in denen man keine Vollen hat, um anschließend schmieren zu können

Asse und Zehnen ausreichend oft besetzt halten, d.h. Asse mindestens einmal und Zehnen, falls möglich, dreimal besetzt halten.

Schwierig wird es, wenn man entscheiden muss, ob man Volle gibt oder ein As blank spielt.

Beispiel:

Kreuz ist noch nicht gelaufen, Spieler B hat noch Kreuz As, Kreuz Neun, Pik Zehn. Der Solospieler spielt Herz As aus:

A	B	C	D
Herz As	?		

Falls das Spiel auf Messers Schneide steht und der eigenen Mannschaft nur noch ein Stich zum Sieg fehlt, wird immer die Pik Zehn gespielt.

Nur in Ausnahmefällen, d.h. wenn man z.B. das Gefühl hat, die eigene Mannschaft hat das andere Kreuz As oder wenn die eigene Mannschaft noch zwei Stiche zum Sieg benötigt, darf man die Kreuz Neun legen.

Falls der Solospieler die Gegenspieler an das Spiel gebracht hat, spielen die Gegenspieler Farben, in denen der Fleischlose nicht an das Spiel kommt. D.h. möglichst lange Farbe oder Farben, in denen man beide Asse hat.

Falls man eine Farbe gefunden hat, die der Solospieler nicht hat, so spielt man diese Farbe so oft wie möglich.

Zusammenfassung:
Fleischloser

Das Solo Fleischloser unterscheidet sich vom Damen- oder Bauernsolo durch das Fehlen der Trümpfe.

Der Fleischlose wird sicher gewonnen, wenn man drei oder weniger Stiche an die Gegenmannschaft abgibt.

Wenn der Solospieler vier Stiche an die Gegenmannschaft abgibt, kann er das Spiel nur gewinnen, wenn mindestens sieben volle Fehlkarten in seine Stiche fallen.

Der Solospieler spielt gewöhnlich seine Farben von oben herunter.

Die Gegenspieler werfen ihre Fehlkarten so ab, dass sie in mögliche Stiche der eigenen Mannschaft jederzeit schmieren können, und dass sie hohe Karten, die noch Stiche machen können, ausreichend besetzt halten.

Falls die Gegenspieler das Ausspielrecht erhalten, spielen sie ihre langen Farben bzw. die Farben, die der Solospieler nicht hat.

8.5 Hochzeit

Die taktischen Regeln für den Vorbehalt Hochzeit unterscheiden sich von einem gewöhnlichen Spiel nur durch die Stiche des Hochzeitsspielers bis zum Erkennungsstich. Nach dem Erkennungsstich läuft die Hochzeit wie ein gewöhnliches Doppelkopfspiel weiter.

8.5.1 Die Turnierspielregeln des Deutschen Doppelkopf-Verbandes für die Hochzeit

Nach den Turnierspielregeln, die die Grundlage für alle Ausführungen in diesem Buch bilden, spielt der Spieler, der den ersten fremden Stich macht, mit der Hochzeit. Der Hochzeitsspieler darf vorher zwei Stiche machen. Wenn er auch den dritten Stich macht, spielt er allein, d.h. er spielt dann ein Karo-Farbensolo.

Ein Nachteil an dieser Regel ist, dass man in Trumpf z.B. durch das Ausspielen der Herz Zehn mit der Hochzeit mitkommen kann.

8.5.2 Was man ausspielt, um mit der Hochzeit zu spielen

- Die sicherste Methode, den Erkennungsstich zu machen, ist das Ausspielen der Herz Zehn.
- Falls man keine Herz Zehn hat, spielt man das As, das mit der höchsten Wahrscheinlichkeit nicht abgestochen wird.
- Falls man weder Herz Zehn noch ein Fehl-As hat, wird es schwierig: Falls man eine Farbe stechen kann, versucht man, den Hochzeitsspieler in einer Fehlfarbe anzuspielen. Macht der Hochzeitsspieler den Stich mit einem As und spielt dann die Farbe, die man stechen kann, so hat man doch noch das Ziel erreicht, mit der Hochzeit zu spielen. Das Ausspielen von Trumpf verbietet sich in dieser Situation, da ein anderer Spieler jetzt mit der Herz Zehn den Trumpf-Erkennungsstich machen kann.
- Auch wenn man keine Farbe stechen kann, gibt es noch eine kleine Chance mitzukommen: Man spielt eine blanke Fehlkarte in der

Hoffnung, dass der Hochzeitsspieler den Stich mit dem As macht und anschließend diese Farbe nachspielt.

8.5.3 Die Spieltaktik des Hochzeitsspielers

Der Hochzeitsspieler darf zwei Stiche selbst machen.

Falls er das Ausspielrecht hat, versucht er zuerst mit den eigenen Fehl-Assen zwei Stiche zu bekommen.

Falls eine Farbe gespielt wird, die er stechen kann, muss genau geprüft werden, ob es vorteilhafter ist abzuwerfen oder zu stechen.

Abstechen ist vorteilhafter, wenn der Hochzeitsspieler

- ein eigenes As hat
- keine blanke Fehlkarte zum Abwerfen hat
- einen Partner mit Herz Zehn im Erkennungsstich bekommen möchte.

Beispiel 1:

Der Hochzeitsspieler hält Pik As, Kreuz Zehn, Kreuz Zehn.

Der Hochzeitsspieler sticht Herz As, um Pik As ausspielen zu können. Als Erkennungsstich wäre dann Kreuz ideal.

Beispiel 2:

Der Hochzeitsspieler hält:

Kreuz 10	Kreuz 10	Kreuz König	Kreuz 9
Herz König	Herz 9		

Falls Pik gespielt wird, sticht der Hochzeitsspieler, da es keinen Sinn macht abzuwerfen. Anschließend spielt er Kreuz Zehn aus, um zu erreichen, dass er mit dem Spieler spielt, der Kreuz sticht. Falls der Hochzeitsspieler einen Partner bekommt, der auch mehrere (z.B. drei)

Fehlkarten in Kreuz hat, wäre diese Verteilung für die Re-Mannschaft katastrophal. Daher sollte der Hochzeitsspieler mit einer langen Farbe immer durch Ausspielen der langen Farbe als Erkennungsstich einen Partner suchen, der die Farbe sticht.

Beispiel 3:

Kreuz 10 Kreuz 10 Kreuz König Kreuz 9 Kreuz 9

Herz König

Hier fällt die Entscheidung schwer. Der Hochzeitsspieler könnte Herz König abwerfen. Aber auch hier ist es besser zu stechen und Kreuz Zehn auszuspielen.

Beispiel 4:

Der Hochzeitsspieler hält Pik Zehn und Kreuz Zehn.

Falls Herz As gespielt wird, sticht er. Er muss damit rechnen, dass der Spieler mit Herz As keine schwarzen Asse hat, so dass eine schwarze Zehn verloren ist.

Nach dem Stechen wählt er Trumpf als Erkennungsstich, um einen Partner mit Herz Zehn zu bekommen. Die Wahrscheinlichkeit ist hoch, dass der Partner dann auch noch ein oder zwei schwarze Asse hat, um die beiden Zehnen des Hochzeitsspielers zu retten.

Beispiel 5:

Der Hochzeitsspieler hält Pik Zehn, Kreuz As, Kreuz As.

Falls Herz gespielt wird, wirft er Pik Zehn ab. Das Stechen von Herz bringt ihm keine Vorteile. Falls er Pik Zehn und Pik König hätte, wäre das Stechen bereits wieder vorzuziehen.

Anschließend noch drei Ratschläge für den Hochzeitsspieler:

1. Das Abstechen des möglichen Erkennungsstichs bringt den Vorteil, dass das Ansagen von "Re", "keine 90" usw. erst entsprechend später

erfolgen muss. Das Verschieben des Erkennungsstichs ermöglicht also ein fundierteres Ansagen, man hat bereits zwei bis drei Stiche sicher, man weiß bereits, wie einige Fehlfarben verteilt sind oder wer die Herz Zehn hat bzw. hatte.

2. Der Hochzeitsspieler muss natürlich aufpassen, dass ihm der dritte Stich nicht angedreht wird, wenn er die beiden ersten Stiche gemacht hat. Die Karte, die er zum dritten Stich ausspielt, muss sicher sein: Keine mittelhohen Trümpfe oder hohen Fehlkarten ausspielen.
3. Falls man auch mit den niedrigeren Vorbehalten Trumpfabgabe oder Fünf Neunen spielt, vermeidet es der Hochzeitsspieler nach Möglichkeit, Spieler mit diesen Vorbehalten als Partner zu bekommen. Das heißt, ein As des Spielers mit Vorbehalten wird nach Möglichkeit abgestochen.

Zusammenfassung:
Hochzeit

Der Spieler, der den ersten fremden Stich macht, spielt mit der Hochzeit.

Die Mitspieler versuchen, durch Ausspielen der Herz Zehn oder eines Fehl-Asses den Erkennungsstich zu machen.

Der Hochzeitsspieler darf zwei Stiche vor dem Erkennungsstich machen.

Der Hochzeitsspieler spielt seine längste Fehlfarbe als Erkennungsstich aus, um zu vermeiden, dass er einen Partner bekommt, der diese Fehlfarbe auch lang hat.

Der Hochzeitsspieler sticht einen Fehlfarbenstich ab, wenn

- er ein eigenes Fehl-As spielen kann
- er keine blanke Fehlkarte zum Abwerfen hat
- er mit Trumpf als Erkennungsstich einen Partner mit Herz Zehn suchen möchte.

8.6 Stille Hochzeit

Wenn ein Spieler beide Kreuz-Damen hat und nicht den Vorbehalt Hochzeit anmeldet, spielt er eine Stille Hochzeit. Das Spiel wird bewertet wie ein Karo-Farbensolo.

Der große Unterschied zum Karo-Farbensolo besteht darin, dass die drei Gegenspieler nicht wissen, dass sie eine Mannschaft bilden.

Erst wenn die zweite Kreuz Dame gefallen ist, wissen die drei Gegenspieler mit Sicherheit, dass eine Stille Hochzeit gespielt wird. Vorher werden die Gegenspieler sich übernehmen oder zumindest nicht immer schmieren, da sie unter sich den zweiten Re-Spieler vermuten. Der Solospieler wird also versuchen, die Gegenspieler möglichst lange im Ungewissen zu lassen.

8.6.1 Entscheidung, ob man eine Stille Hochzeit spielt

Wie auch beim Farbensolo spielt man die Stille Hochzeit nur, wenn man beim Solo mehr Punkte erreichen kann als bei einem gewöhnlichen Spiel. Bei einem gewonnenen "Re" erhält der Solospieler neun Punkte, das ist im gewöhnlichen Spiel nur schwer zu erreichen.

Wenn man das Solo gewinnen kann, sollte man es also auch spielen. Da die Gegenspieler sich anfangs nicht bedingungslos schmieren, reichen manchmal auch sechs Stiche aus, um die Stille Hochzeit zu gewinnen. Mit sieben Stichen ist sie fast immer gewonnen. Es bleibt zu entscheiden, ob man eine Stille Hochzeit oder ein Farbensolo spielt.

Wie bereits erwähnt, bietet die Stille Hochzeit den Vorteil, dass die Gegenspieler nicht sofort wissen, dass sie eine Mannschaft bilden.

Falls der Solospieler "Re" sagt, werden jedoch alle drei Kontra-Spieler gegen den Solo-Spieler agieren, d.h. immer überstechen oder abstechen und nach Möglichkeit nicht schmieren. Der Solospieler kann die Unwissenheit nur ausnutzen, indem er kleine Trumpfkarten ausspielt und darauf setzt, dass die drei Gegenspieler sich überstechen.

Der Nachteil einer Stillen Hochzeit im Vergleich zum Farbensolo besteht nur im Verzicht auf das Ausspielrecht im ersten Stich. Das heißt, dass der Solospieler seine Fehlfarben-Asse nicht sofort ausspielen kann.

Hieraus lässt sich folgende Regel ableiten:

Wenn der Solospieler keine Fehl-Asse hat, zieht er die Stille Hochzeit dem Karo-Farbensolo vor.

Schwierig wird die Entscheidung, wenn der Solospieler ein As hat, aber die Herz Zehnen zum Ziehen fehlen. In dieser Situation ist es meistens sinnvoller Stille Hochzeit zu spielen. Selbst wenn das As verloren geht, überwiegen die Vorteile des gegenseitigen Überstechens der Gegenspieler in Trumpf.

Beispiel 1:

Spieler A hat beide Kreuz Damen, keine Herz Zehn, mehrere Karos, insgesamt zehn Trümpfe und Kreuz As und Kreuz Neun.

Spieler A kann ein Farbensolo kaum gewinnen, da er nicht ziehen kann. Bei einer Stillen Hochzeit kann er die gegnerischen Trümpfe durch Ausspielen kleiner Trümpfe wegspielen, ohne dass die Gegenspieler mit diesen Stichen viele Punkte erreichen.

Mit viel Glück kommt er sogar an das Spiel, z. B. in Pik oder Herz, bevor Kreuz As gespielt wird. Also riskiert Spieler A eine Stille Hochzeit.

Beispiel 2:

Der Solospieler hat zwei Kreuz Damen, sieben weitere Trümpfe, Karo Zehn, Kreuz As und Kreuz As.

Der Solospieler könnte ein Kreuzsolo mit elf Trümpfen spielen. Einfacher wird es, wenn er eine Stille Hochzeit mit zehn Trümpfen spielt. Er nutzt alle Vorteile einer Stillen Hochzeit, die Karo Zehn und vielleicht sogar beide Kreuz Asse machen Stiche.

8.6.2 Spielablauf einer Stillen Hochzeit

Der Spielablauf ist ähnlich dem Spielablauf beim Farbensolo. Das heißt der Solospieler spielt einzelne Fehl-Asse und anschließend nur noch Trumpf, um die Trümpfe der Gegenspieler wegzuspielen.

Die wichtigste taktische Regel bei der Stillen Hochzeit:

Die zweite Kreuz Dame wird so lange wie möglich geschont, um die Gegenspieler über die Mannschaftsaufteilung im Unklaren zu lassen.

Daher sollte man zu Beginn des Spiels auch nicht bedingungslos ziehen, sondern mehrfach kleine Trümpfe spielen. Dieses Vorgehen verhindert auch, dass ein Gegenspieler sich durch Überstechen als Kontra-Spieler zu erkennen geben kann.

Beispiel 3:

Spieler A spielt Stille Hochzeit.

	A	B	C	D
1. Stich	***Kreuz Dame***	Herz 10	Karo As	Karo As

Dieser Stich wäre für eine Stille Hochzeit eine Katastrophe. Alle drei Gegenspieler wissen, dass etwas faul ist und werden vermuten, dass A eine Stille Hochzeit spielt. Hieraus lässt sich die zweite taktische Regel beim Spielen einer Stillen Hochzeit ableiten:

Der Solospieler versucht zu vermeiden, dass ein Gegenspieler sich durch Überstechen als Kontra-Spieler zu erkennen geben kann.

Beispiel 4:

Spieler B hat das Blatt aus Beispiel 2 und spielt eine Stille Hochzeit:

Kreuz Dame	Kreuz Bauer	Kreuz As
Kreuz Dame	Pik Bauer	Kreuz As
Pik Dame	Herz Bauer	
Herz Dame	Karo Bauer	
Karo Dame	Karo Zehn	

	A	***B***	C	D
1. Stich	Pik As	***Karo 10***	Pik 9	Pik König

B sagt Re

	B	C	D	A
2. Stich	***Karo Bauer***	Karo 9	Karo Dame	Herz Dame

Spieler D setzt Karo Dame vor, da er die Kreuz Dame bei A vermutet.

	A	***B***	C	D
3. Stich	Herz As	***Herz Bauer***	Herz 9	Herz 9

	B	C	D	A
4. Stich	***Kreuz Bauer***	Karo Bauer	Karo 9	Karo König

B spielt Kreuz Bauer, da nur noch Pik Dame und die Herz Zehnen höher sind. Alle drei Gegenspieler schonen ihre hohen Trümpfe, da sie keine

Fehl-Asse mehr haben, die noch laufen könnten. B spielt jetzt Pik Dame, damit die gegnerische Pik Dame keinen Stich macht.

	B	C	D	A
5. Stich	***Pik Dame***	Herz Bauer	Herz 10	Karo As

Die Gegenspieler A und D glauben jetzt, dass C der andere Re-Spieler ist. Spieler C weiß bereits, dass eine Stille Hochzeit gespielt wird. Da der Re-Spieler B Pik und Herz sticht, bringt D jetzt Kreuz.

	D	A	**B**	C
6. Stich	Kreuz König	Kreuz 10	***Kreuz As***	Kreuz 9

Die Gegenspieler von B haben jetzt noch sieben Trümpfe, darunter Herz Zehn und Pik Dame.

	B	C	D	A
7. Stich	***Kreuz Dame***	Kreuz Bauer	Karo 10	Herz 10

	A	**B**	C	D
8. Stich	Herz König	***Karo Dame***	Herz König	Pik Bauer

D wirft seinen letzten Trumpf ab, um in Trumpf schmieren zu können.

	B	C	D	A
9. Stich	***Kreuz Dame***	Pik Dame	Kreuz 9	Karo König

	B	C	D	A
10. Stich	***Herz Dame***	Karo As	Kreuz König	Pik 9

Die Gegenspieler haben keine Trümpfe mehr. Der Stille Hochzeit-Spieler macht mit Kreuz As und Pik Bauer die letzten beiden Stiche.

Die Stille Hochzeit hat mit 181 Augen gewonnen. Die Gegenspieler haben in drei Stichen nur 59 Augen gemacht. Der Solospieler erhält 18 Punkte in der Gesamtwertung.

Dieses Beispiel war so konstruiert, dass der Solospieler klar gewinnt. Das Beispiel sollte die Vorteile der Stillen Hochzeit zeigen:

- Die Gegenspieler überstechen sich.
- Die Gegenspieler schmieren kaum in die eigenen Stiche.
- Die Gegenspieler wechseln die Fehlfarben häufig, statt dauernd eine lange Fehlfarbe zu spielen.

8.6.3 Das Erkennen der Stillen Hochzeit

- Falls die zweite Kreuz Dame nicht fällt, obwohl mehrfach Trumpf gespielt wurde, sollte man zumindest auch eine Stille Hochzeit in Betracht ziehen.
- Falls der Re-Spieler bereits mehrere Fehlstiche bekommen hat, ist das ein weiteres Indiz für eine Stille Hochzeit.
- Ein noch deutlicherer Hinweis ist das Schmieren eines (vermeintlichen) Gegenspielers in einen Stich des Partners.

Beispiel:

B spielt Stille Hochzeit und sagt "Re".

A	***B***	C	D
Herz König	***Karo Bauer***	Herz Bauer	Herz As

A weiß, dass D auch Herz Neun hat. C übersticht einen Re-Spieler, D schmiert diesem Spieler Herz As. A vermutet daher, dass B eine Stille Hochzeit spielt.

Falls die Gegenspieler eine Stille Hochzeit enttarnt haben, gelten die gleichen taktischen Ratschläge wie beim Farbensolo:

- kein Trumpf spielen
- Fehlfarben spielen, die ein Partner stechen kann
- lange Fehlfarben spielen

8.6.4 Stille Hochzeit mit Kontra

In manchen Doppelkopf-Spielrunden wird nach der Regel gespielt, dass der Spieler mit der Stillen Hochzeit "Kontra" sagen darf. Die Regel erleichtert das Spielen einer Stillen Hochzeit, da die Gegenspieler in die Stiche des Kontra-Spielers jetzt sogar schmieren und nicht abstechen oder überstechen.

Diesem großen Vorteil steht ein kleiner Nachteil gegenüber:

Der Solospieler muss jetzt beide Kreuz Damen zurückhalten. Sobald er die erste Kreuz Dame spielt, wissen alle Gegenspieler Bescheid.

Dennoch erhöht die Regel Stille Hochzeit mit "Kontra" die Erfolgsaussichten der Stillen Hochzeit. D.h. es werden mehr Stille Hochzeiten gespielt und das Doppelkopfspiel wird noch abwechslungsreicher und reizvoller.

Zusammenfassung:
Stille Hochzeit

Die Stille Hochzeit ist einem Karo-Farbensolo sehr ähnlich und wird auch wie ein Karo-Farbensolo behandelt und bewertet.

Der Vorteil der Stillen Hochzeit gegenüber einem Farbensolo besteht darin, dass die Gegenspieler anfangs nicht wissen, dass ein Solo gespielt wird.

Der Nachteil der Stillen Hochzeit gegenüber einem Solo besteht darin, dass der Solospieler nicht automatisch das Ausspielrecht hat.

Wenn man keine Fehl-Asse hat, zieht man die Stille Hochzeit dem Karo-Farbensolo vor.

Die Gegenspieler können eine Stille Hochzeit vorzeitig erkennen, wenn ein Re-Spieler sehr viele Stiche macht und der zweite Re-Spieler sich nicht zu erkennen gibt.

8.7 Trumpfabgabe

Die Trumpfabgabe ist ein Vorbehalt, der in den Turnierspielregeln des Deutschen Doppelkopf-Verbandes nicht vorgesehen ist. In vielen privaten Doppelkopfrunden wird die Trumpfabgabe jedoch gerne gespielt.

Falls ein Spieler neben den Füchsen nur drei oder weniger Trümpfe hat, darf er Vorbehalte anmelden. Der Vorbehalt Trumpfabgabe ist niedriger als alle Solospiele und niedriger als Hochzeit. Falls kein anderer Spieler höhere Vorbehalte hat, legt der Spieler seine drei Trümpfe verdeckt und seine Füchse offen auf den Tisch. Jetzt werden die drei anderen Spieler im Uhrzeigersinn gefragt, ob sie die Abgabe nehmen. Zuerst wird der Spieler, der direkt hinter dem abgebendem Spieler sitzt, befragt. Der Spieler, der die Trumpfabgabe genommen hat, bildet zusammen mit dem abgebenden Spieler die Re-Mannschaft. Er gibt jetzt die gleiche Anzahl Karten an seinen Partner zurück, wobei er auch Karten, die er in der Abgabe gefunden hat, zurückgeben darf.
Der Spieler, der die Trumpfabgabe genommen hat, wird in diesem Kapitel als Re-Spieler bezeichnet (auch wenn er auf das Ansagen von "Re" verzichtet).
Der Spieler mit dem Vorbehalt Trumpfabgabe wird als Abgabenspieler bezeichnet.
Die beiden anderen Spieler sind die Kontra-Spieler oder Gegenspieler.

Falls kein Spieler die Abgabe nimmt, wird normal gespielt.

8.7.1 Trumpfabgabe mit weniger als drei Trümpfen

Falls man neben den Füchsen weniger als drei Trümpfe besitzt, hat man mehrere Möglichkeiten:

1. Die "ehrliche" Abgabe:
   Man legt nur die tatsächlichen Trumpfkarten verdeckt auf den Tisch und, falls vorhanden, die Füchse offen dazu.

2. Aufstocken auf drei Karten:
   Man legt trotzdem drei Karten verdeckt auf den Tisch, indem man eine Fehlkarte, z.B. ein Fehl-As, in die Abgabe legt.

Die Entscheidung, welche Möglichkeit man wählt, sollte man von der Qualität der abzugebenden Trümpfe abhängig machen. Falls die Trümpfe sehr gut sind, z.B. Herz Zehn und Karo Dame, sollte man die Abgabe durch Aufstocken auf drei Karten attraktiver machen. Hiermit vermeidet man, dass gar kein Spieler die Abgabe nimmt.

Falls die Abgabe nur niedrige Trümpfe enthält (z.B. zwei Bauern), sollte man die Abgabe nicht unnötig attraktiv machen, um Spieler mit mäßigen Karten abzuschrecken, die Abgabe zu nehmen. Wenn man selbst so schlechte Karten hat, wird ein anderer Spieler ausreichend gute Karten haben, um auch eine Abgabe mit zwei oder weniger Trümpfen nehmen zu können.

8.7.2 Die Entscheidung, ob man die Trumpfabgabe nimmt

Viele Spieler nehmen eine Trumpfabgabe immer, wenn sie ihnen angeboten wird. Das ist jedoch ein Fehler. Aus Gründen der Vernunft und des Anstandes sollte man nicht mit jedem Blatt eine Trumpfabgabe nehmen.

Falls man sehr wenige Trümpfe hat, kann es sinnvoller sein, mit einem starken Partner zusammen zu spielen, als sich eine hohe Niederlage mit dem Nehmen der Abgabe einzuhandeln.

> ***Regel 1:***
>
> Der Re-Spieler sollte mindestens zehn Trümpfe nach dem Aufnehmen der Abgabe haben.

Mit neun oder weniger Trümpfen benötigt man sehr gute Trümpfe und viel Glück in der Verteilung der Fehlfarben, um überhaupt noch eine Siegchance zu haben. Zur Erklärung dieser 1. Regel eine kurze Beispiel-Rechnung:

Bei neun eigenen Trümpfen haben die Gegenspieler 17 Trümpfe, d.h. ein Gegenspieler hat mindestens auch neun Trümpfe, bei ungleichmäßiger Verteilung sogar zehn oder elf Trümpfe. Diese Rechnung zeigt, dass der Re-Spieler kaum Chancen auf Fehlstiche hat. Die Gegenspieler haben nur sieben Fehlkarten, mit Glück macht der Re-Spieler drei Fehlstiche.

Beim Zählen der Trümpfe vor dem Nehmen der Trumpfabgabe sollte man schließlich noch bedenken, dass in der Abgabe auch noch eine Fehlkarte liegen kann.

Der zweite Anhaltspunkt für das Nehmen einer Abgabe ist die erreichbare Augenzahl.

> ***Regel 2:***
>
> Man sollte eine Abgabe nur nehmen, wenn man über 90 Augen erreichen kann.

In dieser Regel wird bereits berücksichtigt, dass man auch Minuspunkte bekommt, wenn ein anderer Spieler die Abgabe nimmt und gewinnt. Wenn man jedoch weniger als 90 Augen bekommt, hat das nichts mehr mit Verlustminimierung zu tun. Dann ist es besser, zusammen mit einem (eventuell starken) Partner die Kontra-Mannschaft zu bilden.

> ***Regel 3:***
>
> An vierter Position, d.h. zwei Spieler haben die Abgabe bereits ausgeschlagen, kann man die Abgabe auch mit mäßigem Blatt nehmen.

Dieser Regel liegt die Erfahrung zugrunde, dass die Trümpfe sehr gleichmäßig auf die beiden anderen Spieler verteilt sind, und dass mit hoher Wahrscheinlichkeit gute Trümpfe in der Abgabe liegen. Andernfalls hätte einer der beiden anderen Spieler die Abgabe genommen.

Schließlich sollte man als Kontra-Spieler in der vierten Position die Abgabe fast bedingungslos nehmen, da die Wahrscheinlichkeit hoch ist, dass der Spieler mit Trumpfabgabe in einem gewöhnlichen Spiel auch Kontra-Spieler wäre.

Falls man auf Grundlage dieser drei Regeln noch keine Entscheidung treffen kann, gibt es eine Reihe weiterer Anhaltspunkte, die Argumente für ein Nehmen darstellen können:

1. Die eigene Mannschaft hat das Ausspielrecht.
2. Man hält als Fehlkarten Asse.
3. Man hält nach dem Nehmen der Abgabe nur Fehlkarten einer Farbe (möglichst mit dem As in dieser Farbe).
4. Man muss vor dem Nehmen der Abgabe alle drei Fehlfarben bedienen.

Die beiden ersten Anhaltspunkte, das Ausspielrecht und die Fehl-Asse, sind meistens eng miteinander verknüpft. Falls es der eigenen Mannschaft gelingt, Fehlstiche mit Fehl-Assen zu machen, fallen die fehlenden Trümpfe weniger ins Gewicht.

Der dritte Anhaltspunkt, nur Fehlkarten einer Farbe zu haben, ermöglicht es in zwei Fehlfarben zu stechen. Mit Glück kann die eigene Mannschaft in der dritten Fehlfarbe noch einen Stich mit dem As machen.

Der vierte Punkt betrifft die Siegchancen, die man hat, wenn man die Abgabe nicht nehmen würde. Mit einer langen Farbe und ein bis zwei Farben, die man stechen kann, lässt sich dem Spieler, der die Abgabe nimmt, das Siegen schwer machen. Falls man jedoch alle Fehlfarben gleichmäßig bedient, droht auch als Kontra-Spieler bei der Abgabe eine hohe Niederlage, so dass man besser selbst als Re-Spieler eine wackelige Trumpfabgabe spielt.

In den folgenden Beispielen werden drei Karten als Trumpfabgabe angeboten.

Beispiel 2:

Karten wie in Beispiel 1, zusätzlich eine weitere Fehlkarte. Das Spielen der Abgabe ist riskant. Mit zehn Trümpfen, einem Fehl-As und einer weiteren Fehlkarte kann das Spiel leicht verloren gehen. Da auch eine Niederlage droht, wenn ein anderer Spieler die Abgabe nimmt, kann man mit diesem Blatt die Abgabe nehmen.

Beispiel 3:

Pik Dame
Herz Dame
Karo Dame
und acht weitere kleine Trümpfe
eine Fehlkarte

Obwohl die fünf höchsten Trümpfe fehlen (d.h. fünf sichere Stiche für die Gegenspieler), sollte man die Abgabe nehmen. Zum einen kann man noch hohe Trümpfe finden, zum anderen hat die eigene Mannschaft 14 Trümpfe. Das heißt, die Gegner haben nur zwölf Trümpfe. Bei einer Verteilung von 7:5 machen die Gegner bestenfalls sieben Stiche. Da diese Stiche kaum Augen enthalten, ist ein Sieg der Re-Spieler auch mit fünf Stichen wahrscheinlich.
Gefährlich wird dieses Blatt nur, wenn es den Gegenspielern gelingt, ihre Trümpfe zum Stechen von Fehlfarben einzusetzen und damit mehr als sieben Stiche oder Stiche mit vielen Augen zu machen.

8.7.3 Der Spielablauf einer Trumpfabgabe

Die Trumpfabgabe ähnelt in vielen Dingen dem Skatspiel. Auch bei der Trumpfabgabe nimmt der Allein-Spieler (Re-Spieler) einen Skat auf, drückt (die gleiche Kartenanzahl) und spielt anschließend gegen zwei Spieler. Die Bedeutung des vierten Spielers für das Spielgeschehen ist gering.

Der Re-Spieler versucht den Gegenspielern die Trümpfe wegzuziehen. Die Kontra-Spieler versuchen, den Re-Spieler in die Mittelhandposition zu bringen und dann eine lange Fehlfarbe zu spielen ("kurzer Weg, lange Farbe").

Im folgenden Abschnitt werden also viele Fragestellungen behandelt, die vom Skatspiel schon bekannt sind.

8.7.3.1 Die Auswahl der Karten, die der Re-Spieler auf der Hand behält.

Der Re-Spieler schiebt grundsätzlich Fehlkarten zurück, sofern er ausreichend Fehlkarten hat.

Fall 1: Der Re-Spieler hat zwölf Trümpfe.
In diesem Fall ist das Zurückschieben besonders einfach. Der Re-Spieler schiebt alle seine Fehlkarten an den Partner zurück. Es wäre völlig falsch, ein Fehl-As zu behalten und dem Partner Trumpf zurückzuschieben.

Fall 2: Der Re-Spieler hat mehr als zwölf Trümpfe.
Jetzt hängt die Höhe des Trumpfes oder der Trümpfe davon ab, wo der Partner sitzt. Falls der Partner direkt hinter einem sitzt, gibt man ihm am besten einen kleinen Trumpf zurück. Sitzt der Partner jedoch bei eigenem Ausspielrecht in Hinterhand, kann man ihm auch einen mittelhohen Trumpf zurückgeben. Die Entscheidung sollte davon abhängig gemacht werden, ob man diesen Trumpf entbehren kann. Wenn man viele rote Damen hat, kann eine rote Dame zurückgeschoben werden. Bei großen Lücken im Bereich der mittelhohen Trümpfe schiebt man z.B. Karo zurück (Vielseitigkeitsprinzip).

Sollte man 14 Trümpfe haben, d.h. man muss zwei Trümpfe zurückschieben, sollte man einen kleinen und einen mittelhohen Trumpf auswählen, da der Partner bei zwei Trumpfstichen in Hinterhand gute Aussichten hat, seinen mittelhohen Trumpf erfolgreich einzusetzen.

Fall 3: Der Re-Spieler hat weniger als zwölf Trümpfe.
In diesem Fall muss der Re-Spieler entscheiden, welche Fehlkarten er behält:

1. Ein Fehl-As behalten:
   Der Re-Spieler sollte mindestens ein Fehl-As behalten. Fehl-Asse in mehreren Farben (z.B. Pik As oder Kreuz As) sollte man nur behalten, wenn die eigene Mannschaft das Ausspielrecht besitzt.
2. Nur eine Fehlfarbe behalten:
   Falls der Re-Spieler mehrere Fehlkarten zurückbehalten muss, sollte er diese Fehlkarten nur in einer Farbe behalten, nach Möglichkeit sollte er in dieser Farbe das As besitzen.

Alle Fehlkarten in einer Farbe zu behalten bietet zwei Vorteile:

- Der Re-Spieler kann zwei Fehlfarben stechen.
- Es ist möglich, dass er mehr Fehlkarten in dieser Farbe besitzt als die Kontra-Spieler, d.h. er kann die letzte Fehlkarte bis zum Ende des Spiels halten und dann als Hilfstrumpf nutzen. Unter Hilfstrumpf versteht man eine Fehlkarte, die man ausspielt, wenn die Gegenspieler nur noch Trümpfe haben. Das heißt, die Gegenspieler können mangels Fehlkarten nicht mehr abwerfen, sondern müssen Trumpf dazulegen.

Aus dieser Hilfstrumpf-Argumentation leitet sich die letzte Regel ab:

3. Bei mehreren Fehlkarten bevorzugt Herz behalten.
   In Herz ist die Wahrscheinlichkeit besonders hoch, dass man mehr Fehlkarten hat als die Gegenspieler.

Beispiel 1:

Der Re-Spieler A hat 14 Trümpfe, der Partner sitzt in Hinterhand.
Der Partner D erhält Karo Neun und Karo Dame.

	A	B	C	*D*
1. Stich	***Karo König***	Karo Bauer	Kreuz Bauer	***Karo Dame***

Falls B oder C eine Dame gelegt hätten, hätte D Karo Neun gegeben und im nächsten Trumpfstich nochmals die Chance auf einen Stich mit Karo Dame gehabt.

Beispiel 2:

Der Re-Spieler A hat zehn Trümpfe und (noch) fünf Fehlkarten.

Kreuz As
Pik 10
Pik 9
Herz As
Herz König

Falls der Re-Spieler A das Ausspielrecht hat, behält er Kreuz As und Herz As. Auch wenn sein Partner ausspielt, kann er diese Karten behalten. Falls die Kontra-Spieler das Ausspielrecht haben, behält er Herz As und Herz König.

	B	C	*D*	*A*
1. Stich	Kreuz As	Kreuz 10	***Kreuz 10***	***Karo As***

	A	B	C	*D*
2. Stich	***Herz As***	Karo As	Herz As	***Herz 9***

Den Herz König behält der Re-Spieler, um ihn in einem Fehlstich (z.B. auf ein Fehl-As des Partners) abzuwerfen, oder um ihn am Ende des Spiels als Trumpfersatz (Hilfstrumpf) auszuspielen.

Beispiel 3:

Der Re-Spieler hat elf Trümpfe und (noch) vier Fehlkarten. Die Gegenspieler haben das Ausspielrecht.

Kreuz As
Kreuz 9
Herz As
Herz As

Der Re-Spieler behält Herz As, da kein Risiko besteht, dass die Gegenspieler ihm das Herz As wegziehen.

Beispiel 4:

Der Re-Spieler hat zehn Trümpfe. Die Gegenspieler haben das Ausspielrecht.

Kreuz As
Kreuz As
Kreuz 9
Herz As
Herz 9

Der Re-Spieler behält beide Kreuz Asse. Falls der Partner einen Fehlstich macht, kann er ein Kreuz As in den Stich des Partners abwerfen.

8.7.3.2 Die Verteilung der Trümpfe bei einer Trumpfabgabe

Für beide Mannschaften ist die Kenntnis der Trumpfaufteilung eine wichtige Voraussetzung für die optimale Steuerung des Spielablaufs.

Die Kontra-Spieler müssen zu Beginn des Spiels die Trumpfzahl der Re-Spieler schätzen, im Laufe des Spiels werden sie die exakte Zahl feststellen können.

Beispiel 1:

A ist der Re-Spieler.

	A	*B*	C	D
1. Stich	***Karo Bauer***	***Herz 9***	Karo As	Herz Bauer

Die Spieler C und D können aus diesem Stich ableiten, dass die Re-Mannschaft maximal zwölf Trümpfe hat. Da A kein Fehl-As gespielt hat, werden es wahrscheinlich genau zwölf Trümpfe sein. Die Kontra-Spieler wissen also, dass sie gemeinsam mindestens 14 Trümpfe haben. Falls C sechs Trümpfe hat, kann er bei seinem Partner D mit acht Trümpfen rechnen.

Der Re-Spieler kennt dagegen die Trumpfanzahl seiner Mannschaft genau. Für ihn ist die Verteilung der Trümpfe auf die Gegenspieler die fehlende Information, die erst im Laufe des Spiels geliefert wird.

Beispiel 2:

Die Re-Mannschaft hat zwölf Trümpfe, d.h. die Kontra-Mannschaft hat 14 Trümpfe. Diese können jetzt 7:7, 8:6, 9:5, oder 10:4 verteilt sein. Ungünstigere Verteilungen sind nicht möglich, da sonst der eine Kontra-Spieler ebenfalls eine Trumpfabgabe angemeldet hätte.
In diesem Beispiel muss der Re-Spieler eine Verteilung von 8:6 einkalkulieren, d.h. er macht bestenfalls vier Fehlstiche, bei ungleichmäßigerer Verteilung auch weniger.

Falls man als Re-Spieler zwölf Trümpfe hat, kann man mit drei Fehlstichen rechnen, vier oder fünf Fehlstiche erreicht man nur bei guter Gleichverteilung von Trümpfen und Fehlkarten.

Die Abschätzung der Trumpfverteilung und daraus abgeleitet die mögliche Anzahl der Fehlstiche sind Pflicht für den Spieler, der die Trumpfabgabe genommen hat.

8.7.3.3 Die Taktik des Re-Spielers, der die Trumpfabgabe genommen hat

1. Nachdem der Re-Spieler seine Fehl-Asse gespielt hat, spielt er nur noch Trumpf.
2. Fehlfarben werden grundsätzlich mit kleinen Trümpfen gestochen, wenn die Chance besteht, dass die Fehlfarbe noch einmal durchgeht.
3. Der Re-Spieler vermeidet es nach Möglichkeit, in die Mittelhandposition zu kommen.

Beispiel 1:

Richtig stechen

Spieler C hat die Trumpfabgabe von B genommen.

A	***B***	***C***	D
Kreuz König	***Kreuz 10***	***?***	

D kann noch eine Fehlkarte in Kreuz haben. C hat die Wahl niedrig zu stechen oder Herz Zehn zu nehmen. Die Herz Zehn macht in jedem Fall einen Stich, in Kreuz besteht die Chance zusätzlich mit einem kleinen Trumpf einen Stich zu machen.

A	***B***	***C***	D
Kreuz König	***Kreuz 10***	***Herz 10***	Kreuz 9

In diesem Beispiel war es ein Fehler, die Herz Zehn einzusetzen. Es wäre aber auch ein Fehler gewesen, wenn D Kreuz nicht mehr bedient hätte:

A	***B***	***C***	D
Kreuz König	***Kreuz 10***	***Herz 10***	Pik 9

Falls D keinen Kreuz hat, wird er eine andere Fehlkarte (z.B. Pik Neun) abwerfen. Das heißt, der Re-Spieler verliert neben dem Herz Zehn-Stich auch noch einen Stich in Pik.

A	***B***	***C***	D
Kreuz König	***Kreuz 10***	***Herz Bauer***	Pik Bauer

Das Stechen mit Herz Bauer war richtig, auch wenn in diesem Beispiel der Stich verloren geht.

Beispiel 2:

Vermeidung der Mittelhandposition

Spieler C hat die Trumpfabgabe genommen.

A	***B***	***C***	D
Karo Dame	***Kreuz König***	***Herz Dame***	Pik Dame

Der Re-Spieler C übersticht Spieler A, um zu vermeiden, dass Spieler A den Stich macht und er erneut in Mittelhandposition sitzt.

Beispiel 3:

Vermeidung der Mittelhandposition

A	B	*C*	*D*
Karo Bauer	Kreuz Dame	***Herz 10***	***Pik As***

Falls Spieler B den Stich macht, sitzt C in Mittelhand. Der Einsatz der Herz Zehn ist gerechtfertigt, um zu verhindern, dass Spieler B das Ausspielrecht erhält.

Beispiel 4:

A	B	*C*	*D*
Kreuz Dame	Karo Bauer	***Karo 9***	***Herz 9***

In diesem Beispiel kann C die Herz Zehn schonen, da die Re-Mannschaft weiterhin in Hinterhand sitzt.

Die Beispiele zeigen, dass das Hinterhandprinzip auch bei der Trumpfabgabe eine wesentliche Richtlinie für das richtige Vorgehen in Trumpfstichen darstellt. Der Gegenspieler, der den Re-Spieler in die Mittelhandposition bringen würde, darf nicht das Ausspielrecht erhalten. Er wird also grundsätzlich überstochen. Eine weitere Maßnahme zur Vermeidung der Mittelhandposition ist das Ausspielen hoher Trümpfe.

Beispiel 5:

Der Re-Spieler A hat Herz Zehn, Kreuz Dame, Pik Dame, Pik Dame.

A	B	C	*D*
Pik Dame	Karo 10	Herz 10	***Herz 9***

In diesem Beispiel ist es C noch einmal gelungen, das Ausspielrecht zu erlangen und den Re-Spieler in die Mittelhandposition zu bringen. Falls der Re-Spieler das nächste Mal ausspielt, wird er jedoch seine drei anderen hohen Trümpfe ausspielen. Er kann sicher sein, dass C nicht mehr das Ausspielrecht bekommt.

Beispiel 6:

Der Re-Spieler A hat beide Pik Damen und eine Kreuz Dame. Durch das Ausspielen dieser Damen erreicht er, dass die Gegenspieler nicht frei entscheiden können, wer den Stich macht. Falls z.B. Spieler B alle drei hohen Trümpfe hat, ist es nicht möglich, den Re-Spieler in die Mittelhandposition zu bringen.

8.7.3.4 Die Taktik des Re-Spielers bei einer Verlustminimierungstrumpfabgabe

Falls der Re-Spieler die Abgabe mit sehr schlechten Karten spielt, d.h. er hat mehrere Fehlkarten und nur wenige hohe Trumpfkarten, so gelten die Regeln aus Abschnitt 8.7.3.3. weiterhin.

1. Fehlstiche werden grundsätzlich klein gestochen.
2. Eigene Fehlkarten werden nicht ausgespielt, um ein Abwerfen der Gegenspieler zu vermeiden.

Zusätzlich sollte man in dieser Situation die wenigen hohen Trümpfe schonen, um damit in Hinterhand Stiche zu machen.

Das Spiel läuft dann nach folgendem Schema ab (Drei-Stiche-Zyklus):

Stich 1:

Der Re-Spieler A spielt einen kleinen Trumpf. Gegenspieler D macht den Stich.

Stich 2:

Der Re-Spieler sitzt in Mittelhand und spielt wiederum einen kleinen Trumpf, unabhängig davon, ob eine Fehlfarbe oder Trumpf ausgespielt wurde und wie viel Augen der Stich hat. Der Gegenspieler B macht den Stich.

Stich 3:

Der Re-Spieler sitzt in Hinterhand. Er versucht, mit einem hohen Trumpf den Stich zu machen. Anschließend spielt der Re-Spieler wieder einen kleinen Trumpf (s. 1. Stich). Nach diesem Schema kann der Re-Spieler auch mit wenigen hohen Trümpfen jeden dritten Stich machen. Ärgerlich wird es für ihn nur, wenn er in Hinterhand den Trumpf des Gegenspielers nicht mehr überstechen kann.

8.7.3.5 Die Spielweise des Spielers, der die Trümpfe abgegeben hat

Der Spieler, der die Trümpfe abgegeben hat (Abgabespieler), kann eigentlich nur nennenswert in das Spielgeschehen eingreifen, wenn er beim ersten Stich das Ausspielrecht hat.

Ausspielen:

> ***Regel:***
>
> Der Abgabespieler spielt Trumpf, wenn er einen Trumpf zurück bekommen hat.

Die Regel gilt ohne wenn und aber. Die Verletzung dieser Regel gehört zu den häufigsten Fehlern beim Doppelkopfspiel.
Die Begründung für das Ausspielen von Trumpf lautet: Trumpf spielen hilft den Spielern, die viel Trumpf haben.

Falls der Abgabespieler eine Fehlfarbe spielt, hilft er den Kontra-Spielern. Selbst wenn sein Partner die Fehlfarbe beim ersten Mal alleine sticht, können die Kontra-Spieler durch das Spielen dieser Farbe zum zweiten Mal den Re-Spieler bereits in Schwierigkeiten bringen.
Falls er Trumpf spielt, haben die Kontra-Spieler statt 13 Trümpfen nur noch elf Trümpfe, bevor das Spiel richtig beginnt. Jeder weitere Trumpfstich reduziert die Trumpfanzahl der Gegner um weitere zwei Karten, die Kontra-Spieler werden frühzeitig in Trumpfengpässe geraten.

Beispiel 1:

Der Abgabespieler D sitzt in Hinterhand und hat zwei Trümpfe (Herz Dame, Karo Bauer) von seinem Partner A zurück bekommen.

	A	B	C	*D*
1. Stich	***Karo 9***	Karo König	Herz Bauer	***Herz Dame***
	D	*A*	B	C
2. Stich	***Karo Bauer***	***Karo Dame***	Karo 10	Herz Dame

In diesem Beispiel ist es entscheidend, dass D im zweiten Stich Trumpf ausspielt. Die Gegenspieler haben nur noch acht Trümpfe, bevor die erste Fehlkarte gespielt wird.

Falls der Abgabespieler keinen Trumpf hat, spielt er ein Fehl-As aus.

Sitzt der Partner nicht in Hinterhand, spielt er die Farbe aus, die am besten läuft. Sitzt der Partner jedoch in Hinterhand, sollte er die Fehlfarbe bringen, die er am längsten hat. Das heißt, ein Gegenspieler wird möglicherweise stechen. Da der Partner in der Hinterhandposition sitzt, können die Gegenspieler keinen Vorteil daraus ziehen. Zugleich ist der Partner gewarnt, falls die Gegenspieler diese Fehlfarbe ein zweites Mal ausspielen.

Beispiel 2:

Der Abgabespieler A hat fünf Fehlkarten in Herz.

	A	B	C	***D***
1. Stich	***Herz As***	Karo Bauer	Herz König	***Herz Bauer***

Falls C den Herz König ausgespielt hätte, wäre D vom Kontra-Spieler B überstochen worden.

Schmieren und Bedienen von Fehlkarten:

Der Trumpfabgeber muss jederzeit in der Lage sein, dem Partner einen Vollen zu schmieren.
Das heißt, dass er in jeder Fehlfarbe mindestens eine volle Karte behält. Falls er in einer Fehlfarbe keine Vollen mehr hat, wirft er die anderen Karten dieser Fehlfarbe so schnell wie möglich ab.

Falls der Partner in Hinterhand sitzt, sollte er möglichst einen Vollen schmieren. Einzige Ausnahme ist ein Stich, der dem Partner die Hinterhandposition erhält, wenn er den Stich nicht nimmt.

Beispiel 3:

Spieler D hat die Abgabe genommen.

A	B	***C***	***D***
Pik Dame	Karo Bauer	***Herz König***	***Karo 9***

Der Abgabespieler C spielt nur einen König, um seinen Partner nicht in Zugzwang zu bringen. D lässt der Kontra-Mannschaft den Stich, da der Stich nur wenig Augen hat und er weiterhin in Hinterhand sitzt.

Beispiel 4:

A	*B*	C	*D*
Karo Bauer	***Pik 10***	?	*?*

Der Re-Spieler D muss vermeiden, dass C den Stich und damit das Ausspielrecht erhält. B schmiert Pik Zehn, da die Wahrscheinlichkeit hoch ist, dass D den Stich macht.

Wenn der Partner Trumpf ausspielt, legt der Abgabespieler Neunen und Könige.

Da die Gegenspieler diese Stiche meistens bekommen, ist eine Neun die ideale Karte. Nur falls der Partner eine Chance hat, den Stich zu machen, legt der Abgabespieler einen König. Auch das Abwerfen einer Fehlfarbe, in der der Abgabespieler keine Vollen mehr hat, kann es erforderlich machen, einen König abzuwerfen.

Beispiel 5:

Die Gegenspieler davon abhalten, abzuwerfen.

Herz wird zum zweiten Mal gespielt. Spieler B hat die Abgabe genommen. Kontra-Spieler D kann Herz stechen.

A	*B*	*C*	D
Herz 9	***Karo Bauer***	***Pik 10***	Herz Bauer

C schmiert Pik Zehn, um Spieler D davon abzuhalten, eine schwarze Fehlkarte billig abzuwerfen.

Beispiel 6:

Dem Partner anzeigen, ob eine Fehlfarbe gestochen wird.

Spieler C hat die Abgabe genommen.

A	*B*	*C*	D
Kreuz As	*?*		

Falls B fünf oder sechs Kreuzkarten hat, legt er keinen Vollen, sondern eine Neun oder einen König. Partner C ist jetzt gewarnt. Er weiß, dass dieser Stich auch an die Gegenspieler gehen kann.

Wenn B wenig Kreuzkarten hat, legt er einen Vollen und Partner C kann z.B. mit dem Fuchs stechen, da B angezeigt hat, dass die Farbe gut läuft.

8.7.3.6 Die Taktik der Kontra-Spieler bei einer Trumpfabgabe

Die Taktik der Kontra-Spieler kann durch drei einfache Regeln beschrieben werden:

> *Regel 1:*
> Es werden grundsätzlich Fehlfarben ausgespielt.
>
> *Regel 2:*
> Der Re-Spieler, der die Abgabe genommen hat, wird in die Mittelhandposition gebracht.
>
> *Regel 3:*
> Es wird zuerst die Fehlfarbe ausgespielt, die der hinter dem Re-Spieler sitzende Kontra-Spieler, sehr kurz hat oder bereits stechen kann.

Diese drei Regeln zeigen die Ähnlichkeit der Trumpfabgabe zum Skatspiel.

Die dritte Regel ist beim Skatspiel unter dem Namen "Langer Weg - kurze Farbe, kurzer Weg - lange Farbe" bekannt.

8.7.3.7 Das Ausspielen von Fehlfarben durch die Kontra-Spieler

Die Kontra-Spieler spielen fast immer Fehlfarben, um Trumpfengpässe zu vermeiden. Es gibt nur wenige Ausnahmen, die das Ausspielen von Trumpf rechtfertigen:
Der Spieler, der vor dem Re-Spieler sitzt, spielt grundsätzlich Fehlfarben. Das Ausspielen von Trumpf hilft nur dem Re-Spieler.
Der Kontra-Spieler, der hinter dem Re-Spieler sitzt, (im Folgenden als Kontra-Hinterhandspieler bezeichnet), spielt ebenfalls bevorzugt Fehlfarben. Nur die letzte Fehlkarte darf er zurückhalten, wenn er fürchtet, dass der Partner diese Farbe bedient. Er hält diese Fehlkarte zurück, um sie in einer anderen Fehlfarbe in Hinterhand abzuwerfen.

Beispiel 1:

Der Kontra-Hinterhandspieler A hat nur noch Kreuz Zehn als Fehlkarte und fürchtet, dass sein Partner B Kreuz bedient. Falls der Partner B eine volle Fehlkarte in Kreuz bedienen muss, besteht sogar Doppelkopfgefahr. Daher spielt A Trumpf.

A	B	*C*	*D*
Karo Bauer	Pik Dame	***Kreuz 9***	***Karo 9***

B	*C*	*D*	A
Herz 9	***Herz König***	***Pik Bauer***	Kreuz 10

Partner B spielt Herz und A wirft Kreuz Zehn ab, um anschließend auch Kreuz stechen zu können.

Die Kontra-Spieler müssen vermeiden, dass der Re-Spieler mit kleinen Trümpfen Fehlfarbenstiche macht. Daher spielen sie zuerst die Fehlfarben, die einer der beiden Kontra-Spieler stechen kann oder nur einmal bedienen muss. Besonders vorteilhaft für die Kontra-Spieler ist das Stechen einer Fehlfarbe durch den Kontra-Hinterhandspieler. Dieser Spieler hat die Wahl zwischen dem Überstechen des Spielers und dem Abwerfen einer anderen Fehlkarte.

Um diese vorteilhafte Situation zu erreichen, wird die schon mehrfach angesprochene Skatregel "Langer Weg- kurze Farbe, kurzer Weg - lange Farbe" angewandt. Diese Regel besagt, dass der Kontra-Hinterhandspieler (langer Weg zum Re-Spieler) seine kürzeste Farbe spielt, um diese Farbe beim nächsten Mal in Hinterhand stechen zu können. Der Kontra-Spieler der vor dem Re-Spieler sitzt (kurzer Weg), spielt seine längste Farbe in der Hoffnung, dass sein Partner diese Farbe jetzt oder beim nächsten Mal stechen kann.

Da nur der Kontra-Hinterhandspieler seine kurze Farbe genau kennt, kann es sinnvoll sein, dass dieser Spieler den ersten Trumpfstich nimmt, um eine blanke Fehlfarbe auszuspielen. Das heißt, er wünscht sich die Fehlfarbe, die sein Partner das nächste Mal spielen soll.

Beispiel 2:

Spieler A hat die Abgabe genommen.

	A	***B***	C	D
1. Stich	***Herz Dame***	***Herz König***	Pik Dame	Karo As

	C	D	***A***	***B***
2. Stich	Kreuz 9			

Der Kontra-Hinterhandspieler C hat Kreuz Neun blank, in Pik und Herz dagegen jeweils zwei Fehlkarten. Er nimmt den ersten Trumpfstich, um sich Kreuz zu wünschen, d.h. er zeigt dem Partner an, dass er das nächste Mal Kreuz spielen soll.

Beispiel 3:

Der Kontra-Hinterhandspieler hat eine Farbe blank. Jetzt vermeidet er, einen Trumpfstich zu bekommen, damit der Partner den Stich machen kann und das Ausspielrecht bekommt. Außerdem würde er durch das Ausspielen einer der beiden anderen Fehlfarben den Partner auf eine falsche Fährte locken. Falls der Kontra-Hinterhandspieler dennoch das Ausspielrecht erhält, spielt er seine längste Fehlfarbe, um auch dem Partner die Chance zu geben, eine Fehlfarbe zu stechen.

Das Stechen des Partners vor dem Re-Spieler gewinnt zwar meistens nicht den Stich, da der Re-Spieler überstechen wird. Trotzdem bringt es den Re-Spieler in Schwierigkeiten, wenn er mit einem höheren Trumpf stechen muss und kleinere Trümpfe zurückbehält.

Abschließend bleibt die Frage zu klären, was die Kontra-Spieler mit den Fehlfarben machen sollen, die beide Spieler gleich lang haben (z.B. jeder Spieler hat zwei Fehlkarten in Kreuz): Falls es nicht gelingt, diese Fehlkarten in Hinterhand abzuwerfen, müssen sie ausgespielt werden, um wenigstens ein Karlchen des Re-Spielers zu verhindern.

Zusammenfassung:
Trumpfabgabe

Man sollte mindestens zehn Trümpfe nach dem Aufnehmen der Trumpfabgabe haben.

Der Spielablauf der Trumpfabgabe ähnelt dem Skatspiel:
Der Re-Spieler versucht, die Trümpfe der Gegenspieler wegzuziehen.
Die Kontra-Spieler versuchen, den Re-Spieler in die Mittelhandposition zu bringen, um dann eine Fehlfarbe zu spielen, die der Hinterhandspieler sticht ("kurzer Weg - lange Farbe").

Die Spieler der Re-Mannschaft spielen immer Trumpf (auch der Trumpfabgabespieler, wenn er einen Trumpf zurückbekommen hat).

8.8 Fünf Neunen

Fünf Neunen ist in vielen Spielrunden der niedrigste Vorbehalt. Falls ein Spieler fünf oder mehr Neunen hat, darf er Vorbehalte anmelden. Falls kein anderer Spieler Vorbehalte hat, wird neu gegeben.
Die Turnierspielregeln des Deutschen Doppelkopf-Verbandes kennen diesen Vorbehalt nicht.

Zu diesem Vorbehalt bleibt nur zu sagen, dass man prüfen sollte, ob ein normales Spiel mit fünf Neunen nicht dem Vorbehalt Fünf Neunen vorzuziehen ist. Falls man z.B. zwei Karo Neunen und sechs weitere ordentliche Trumpfkarten hat, kann das Spiel auch gewonnen werden. Wenn man gleichzeitig eine Trumpfabgabe hat, sollte man auch diese Trumpfabgabe dem Vorbehalt Fünf Neunen vorziehen, sofern man einigermaßen brauchbare Trümpfe in die Abgabe legen kann. Der Nachteil, dass man eventuell nicht immer optimal schmieren kann, wiegt nicht so schwer. Wichtiger ist dann schon, dass kein notorischer Verlustminimierer in der Spielrunde sitzt und einem durch das Aufnehmen der Abgabe eine Niederlage beschert.

Zusammenfassung:
Fünf Neunen

Den Vorbehalt Fünf Neunen meldet man nur an, wenn ein Sieg im gewöhnlichen Spiel oder gegebenenfalls durch eine Trumpfabgabe nicht erreichbar ist.

9 Das Ansagen von "Kontra" und "Re"

9.1 Spielregeln

Die Regeln für das Ansagen von "Kontra" und "Re" sind im Anhang in der Kurzfassung der Turnierspielregeln (TSR) des Deutschen Doppelkopf-Verbandes aufgeführt. Eine Abweichung von diesen Regeln, die in vielen Spielrunden Verwendung findet, ist in Kapitel 1.2.3. als Verdoppelungsregel beschrieben.

Während die Turnierspielregeln für das "Kontra"- und "Re"-Ansagen zwei Zusatzpunkte vorsehen und jede weitere Ansage ("keine 90", "keine 60"...) mit einem Punkt belohnt, werden in den abweichenden Spielregeln (die Verdoppelungsregel) der "gewonnen" Punkt und der "gegen die Kreuz-Damen gewonnen"-Punkt verdoppelt und jede weitere Ansage ("keine 90", "keine 60"...) zählt zwei Punkte.

Einen Vergleich der beiden Spielregelvarianten zeigt folgende Tabelle:

		TSR	Verdoppelungs-regel
"Re"	einfach gewonnen	3 Punkte	2 Punkte
"Kontra"	einfach verloren	3 Punkte	2 Punkte
"Kontra"	einfach gewonnen	4 Punkte	4 Punkte
"Re"	einfach verloren	4 Punkte	4 Punkte
"Re"	"keine 90" angesagt und gewonnen	5 Punkte	6 Punkte
"Kontra"	"keine 90" angesagt und gewonnen	6 Punkte	8 Punkte

"Re"	"keine 60" angesagt und gewonnen	7 Punkte	10 Punkte
"Kontra"	"keine 60" angesagt und gewonnen	8 Punkte	12 Punkte

Deutliche Siege fallen mit der Verdoppelungsregel noch deutlicher aus, weil weitere Ansagen mit zwei Punkten großzügiger belohnt werden. Der eine zusätzliche Punkt für weitere Ansagen bei den TSR rechtfertigt allerdings kaum das Risiko weiterer Ansagen.

Zum anderen wird das Ansagen von "Kontra" dadurch belohnt, dass der "gegen die Kreuz Damen gewonnen"-Punkt auch verdoppelt wird. Falls ein "Kontra" gewonnen wird, gibt es mindestens zwei zusätzliche Punkte, falls es einfach verloren wird, kostet es nur einen zusätzlichen Punkt.

Aus diesem Sachverhalt kann für Spielrunden, die nach der Verdoppelungsregel spielen, die berühmte Regel "Kontra kostet nichts" begründet werden.

Wenn man nach der Verdoppelungsregel spielt, sollte man auch mit einem mittelmäßigen Blatt mal ein "Kontra" riskieren, denn es kostet ja (fast) nichts.

Alle anderen Ausführungen in diesem Kapitel beziehen sich auf Ansagen nach den Spielregeln des DDV. Als einzige Abweichung zu den Begriffen in den Spielregeln des DDV wird für die weiteren Ansagen "keine 90" usw. auch der Begriff "Ansagen" verwendet und nicht der Begriff "Absagen" wie beim DDV.

9.2 Entscheidung, ob man "Kontra" bzw. "Re" ansagt

Idealerweise hat man immer dann "Kontra" bzw. "Re" angesagt, wenn man ein Spiel gewonnen hat. Da die Entscheidung "Kontra" bzw. "Re" anzusagen spätestens vor dem Legen der eigenen zweiten Karte getroffen werden muss, sind zu diesem Zeitpunkt die Siegchancen der eigenen Mannschaft abzuschätzen. Weiterhin ist zu bedenken, ob das Ansagen von "Kontra" bzw. "Re" dem Spielablauf einen anderen und möglicherweise günstigeren Verlauf gibt.

9.2.1 Abschätzung der Siegchancen

Folgende Frage ist zu klären:

Wie viel Stiche wird die eigene Mannschaft bekommen?
Mit sieben Stichen ist das Spiel gewöhnlich gewonnen.

Zur Klärung dieser Frage sind folgende Teilfragen zu klären:

- Welche Mannschaft bekommt den ersten Kreuz-Stich und welche den zweiten Kreuz-Stich?
- Welche Mannschaft bekommt den ersten Pik-Stich und welche den zweiten Pik-Stich?
- Welche Mannschaft bekommt den Herz-Stich?
- Wie viel Stiche von den verbleibenden sieben Trumpfstichen gehen an die eigene Mannschaft?

Diese Fragen lassen sich natürlich nicht exakt und endgültig beantworten, dennoch helfen die Antworten auf diese Fragen eine Aussage über den Ausgang des Spiels zu machen.

Sehr wichtig ist natürlich die Zahl der Stiche, die der Partner machen wird. Bei perfekter Gleichverteilung stehen jedem der vier Spieler drei Stiche zu. Wer selbst überdurchschnittliche Karten hat und vier bis fünf Stiche macht, kann rein statistisch nur noch mit zwei Stichen des Partners rechnen. Um auf sieben Stiche zu kommen, muss man also fünf eigene Stiche machen.

Regel 1:

> Das Ansagen von "Kontra" bzw. "Re" ist sinnvoll, wenn man mit hoher Wahrscheinlichkeit mindestens fünf eigene Stiche macht.

Um fünf eigene Stiche zu machen, ist es erforderlich, dass man auch Fehlstiche macht. Wenn man z.B. alle schwarzen Fehlfarben zweimal bedient, ist es kaum möglich, von den sieben verbleibenden Trumpfstichen fünf Stiche zu machen. Außerdem bringen die Trumpfstiche gewöhnlich weniger Augen als die Fehlstiche.

Regel 2:

> Von den fünf möglichen Fehlfarbenstichen (zweimal Stiche in Pik und Kreuz, ein Stich in Herz) sollte man mindestens zwei Fehlfarbenstiche sicher machen, um erfolgreich "Kontra" bzw. "Re" ansagen zu können.

Häufig werden Spieler durch einige hohe Trümpfe zum "Re"- oder "Kontra"-Ansagen verleitet und übersehen dabei, dass sie alle schwarzen Farben zwei bis dreimal bedienen. Ohne einen Partner, der Stiche in den schwarzen Farben macht, ist das Spiel dann kaum noch zu gewinnen.

Beispiel 1:

Der Spieler hat drei Fehlkarten in Kreuz und drei Fehlkarten in Pik, kein Herz, Kreuz Dame und beide Herz Zehnen sowie kleine Trümpfe.

Der Spieler kann mit drei Trumpfstichen und einem Herz-Stich rechnen, also nur vier statt der geforderten fünf Stiche. Ein "Re" ist riskant und nur sinnvoll, wenn dadurch ein anderer Vorteil erzielt werden kann (siehe nächster Abschnitt).

Beispiel 2:

Ein Spieler hat drei Fehlkarten in Kreuz, kein Pik und eine Fehlkarte in Herz, Herz Zehn, Kreuz Dame, Pik Dame, Herz Dame sowie kleine Trümpfe.

Der Spieler kann mit zwei Pik-Stichen und drei bis vier Trumpfstichen rechnen. Die Ansage von "Re" ist sinnvoll.

> ***Regel 3:***
> Ein "Kontra" bzw. "Re" ist immer sinnvoll, wenn eine realistische Chance besteht, dass die eigene Mannschaft das Spiel gewinnt.

Man muss nicht hundertprozentig sicher gewinnen, um "Kontra" bzw. "Re" ansagen zu können. Wenn man dreimal ein nicht ganz sicheres "Kontra" bzw. "Re" angesagt hat, und dann zweimal erfolgreich ist, bleiben zwei Pluspunkte übrig.

Zum Abschluss noch ein Argument für das riskante Ansagen von "Kontra" bzw. "Re":
Wenn tatsächlich die Gegenspieler die besseren Karten haben und gewinnen werden, vermeidet man durch das eigene Ansagen meistens eine Ansage der Gegenspieler. Das heißt, wenn man selbst nichts angesagt hätte, hätten die Gegenspieler "Kontra" bzw. "Re" angesagt. Wenn die Gegenspieler jedoch tatsächlich das Spiel verlieren, gewinnt man durch das Ansagen zwei Punkte.

9.2.2 Veränderung des Spielverlaufs durch "Kontra"- bzw. "Re"-Ansagen

Durch das Ansagen von "Kontra" bzw. "Re" erreicht man im Spielverlauf folgende Vorteile:

- In einen eigenen Fehlfarbenstich wird der Partner schmieren oder abwerfen.
- Eigene Trumpfstiche werden vom Partner nicht überstochen.

– Man kann von seinem Partner in einer Fehlfarbe angespielt werden.

– Durch das Schmieren oder nicht Schmieren, Abwerfen, Stiche überlassen usw. ist die Mannschaftsaufteilung schneller geklärt.

9.3 Der Zeitpunkt der "Kontra"- bzw. "Re"-Ansage

Bei der Bestimmung des optimalen Zeitpunktes für das Ansagen stehen die zwei Themen des Abschnitts 9.2 "Abschätzung der Siegchancen" und "Veränderung des Spielverlaufs" im Widerspruch zueinander.

Die Abschätzung der Siegchancen ist natürlich besser möglich, wenn man bis zum zweiten Stich wartet. Der Spielverlauf lässt sich eher beeinflussen, wenn man sofort etwas ansagt.

Argumente für sofortiges Ansagen:

– Man kann das Ansagen im Eifer des Gefechts nicht mehr vergessen.

– Der Partner kann sofort in die eigenen Asse schmieren bzw. abwerfen.

– Man kann vom Partner angespielt werden.

– Der Partner kann "keine 90" sagen, um zu vermeiden, dass man ihn absticht.

Beispiel 1:

Spieler D sagt vor dem ersten Stich "Re". Spieler A hat Kreuz As und Pik As. Um zu vermeiden, dass der Partner ihn absticht, sagt er "keine 90".

A	B	C	*D*
Kreuz As	Kreuz 9	Kreuz König	***Herz König***
Pik As	...	...	**...**

Situationen, die ein verspätetes Ansagen sinnvoll machen:

In allen Fällen, in denen man noch nicht das Ausspielrecht besitzt oder nicht sicher hat und Stiche mit eigenen Fehl-Assen zum Sieg benötigt, kann man selbstverständlich erst etwas ansagen, wenn man das Ausspielrecht bekommt.

Beispiel 2:

A	B	C	D
Kreuz As	Kreuz König	Karo As	Kreuz 9

Spieler C kann jetzt "Re" sagen, da er das Ausspielrecht besitzt und z.B. Pik As ausspielen kann.

Beispiel 3:

Spieler A hat alle drei Fehl-Asse mit einem König besetzt. Spieler A spielt ein schwarzes Fehl As aus. Falls nicht gestochen wird, sagt A "Re" und spielt das zweite schwarze Fehl-As.

Falls das erste As gestochen worden wäre, hätte A das Ausspielrecht verloren und mit hoher Wahrscheinlichkeit keinen weiteren Fehlstich gemacht. Das "Re" wäre nicht berechtigt gewesen.

Eine weitere ungewöhnliche Art des Ansagens ist das "Kontra" bzw. "Re" nach der zweiten oder der sechsten Karte.

Beispiel 4:

	A	B	C	D
1. oder 2. Stich	Karo 10	Karo König	...	...

Jetzt sagt Spieler D "Re". Falls C zufällig auch Re-Spieler ist, kann er einen sehr kleinen Trumpf, z.B. einen Fuchs legen. Die Re-Spieler bekommen so mit einem kleinen Trumpf einen Stich und vermeiden den Einsatz hoher Trümpfe.

Ein letzter Grund, mit dem Ansagen lange zu warten, besteht darin, abzuwarten, ob ein anderer Spieler etwas ansagt. Wenn sich kein Spieler traut, etwas anzusagen, sind die restlichen Karten gleichmäßig verteilt und man kann mit einem leicht überdurchschnittlichen Blatt bereits gewinnen.

9.4 Über das Ansagen von "keine 90", "keine 60", "keine 30"

Das Ansagen von "keine 90" usw. bringt jeweils nur einen Zusatzpunkt, birgt aber das Risiko, dass das ganze Spiel verloren geht. Man sollte sich also nur mit einem überragenden Blatt auf der Hand zu "keine 60" und weiteren Ansagen hinreißen lassen.

Sinnvoll und relativ risikoarm ist jedoch das Ansagen von "keine 90" durch den Partner, wenn dieser auch sehr gute Karten hat. Da der Spieler, der "Re" bzw. "Kontra" ansagt, bei seinem Partner nur mit zwei bis drei Stichen rechnen kann, kann der Partner risikolos "keine 90" ansagen, wenn er vier oder fünf Stiche macht.

Außerdem bringt das Ansagen von "keine 90" durch den Partner die sofortige Aufklärung der Mannschaftsaufteilung. Die beiden Re-Spieler können so vermeiden, dass sie sich gegenseitig abstechen (siehe erstes Beispiel in 9.3). Diese frühe Aufklärung der Mannschaftsaufteilung kann also einen Zusatznutzen ins Spiel bringen, da durch geschicktes Abwerfen sogar zusätzliche Stiche gemacht werden können.

Falls man weitere Ansagen (z.B. "keine 60") erwägt, ist es wichtig, vorher die kritischen Punkte abzuklären:

- Sticht der Partner die Fehlfarbe, die man selbst lang hat?
- Bekommt der Partner den Stich mit den vollen Fehlkarten, die man noch auf der Hand hält?
- Wer hat die andere Herz Zehn?

In den folgenden Beispielen wird immer der dritte Stich behandelt. "Re" und "keine 90" sind bereits von Spieler A und D angesagt:

Beispiel 1:

	A	B	C	***D***
3. Stich	***Karo 10***	Karo König	Herz 10	***Karo 9***

Spieler A spielt Karo Zehn, um zu klären, wer die Herz Zehn hat.

Beispiel 2:

A hat noch Kreuz Zehn und Kreuz Neun, Kreuz ist bereits einmal gelaufen.

	A	B	C	***D***
3. Stich	***Kreuz 10***	Kreuz König	Kreuz As	***Karo 10***

Partner D sticht die kritische Farbe Kreuz und hat die Kreuz Zehn bereits gerettet. Spieler A kann jetzt "keine 60" ansagen.

Zusammenfassung:
Das Ansagen von "Kontra"- und "Re"

Wenn man mit hoher Wahrscheinlichkeit mindestens fünf eigene Stiche macht, sollte man immer "Kontra" bzw. "Re" ansagen.

Das frühe Ansagen (vor dem ersten Stich) sollte man nutzen, um durch die Klärung der Mannschaftsaufteilung Vorteile zu erzielen.

Das späte Ansagen (im zweiten Stich) sollte man nur dann verwenden, wenn von den beiden ersten Stichen abhängt, ob man überhaupt gewinnen kann (z.B. weil das Ausspielrecht zum Spielen eigener Asse benötigt wird).

Das Ansagen von "keine 90" durch den Partner ist sinnvoll, wenn der Partner mindestens vier Stiche macht. Das Ansagen von "keine 90" durch den Partner bringt meistens Zusatznutzen durch die frühe Aufklärung der Mannschaftsaufteilung.

Das Ansagen von "keine 60" und mehr sollte nur unter Ausschaltung aller Unsicherheiten (kritische Karten vor dem Ansagen spielen) erfolgen.

10 Über das Zählen

Das Doppelkopfkartenblatt hat 48 Karten mit insgesamt 240 Augen. Davon sind im normalen Spiel 26 Karten Trümpfe und 22 Karten Fehlfarben. Zwölf Karten hat man selbst, die 36 Karten der drei Mitspieler kennt man ebenfalls, nur die Aufteilung der 36 Karten auf die drei Mitspieler ist nicht bekannt.

Alle ausgespielten Karten und jeder gelaufene Stich liefert Informationen über die Verteilung der 36 Karten auf die Mitspieler und über den Ausgang des Spiels. Idealerweise sollte man sich daher jede gespielte Karte merken. Aus den gespielten Karten lassen sich unterschiedliche Informationen gewinnen:

1. Gesicherte mathematische Informationen:

   - Augen der Stiche, die jeder Spieler bereits gemacht hat.
   - Zahl und Art der Trümpfe, die noch im Spiel sind.
   - Zahl und Art der Fehlkarten, die noch im Spiel sind.

2. Rückschlüsse auf die Verteilung der verbliebenen Karten

Rückschlüsse sind nicht immer so hundertprozentig sicher wie die mathematischen Informationen unter Punkt 1.

Einige Beispiele zur Erläuterung:

Wenn in einem Stich vier Trümpfe gefallen sind, dann sind diese Trümpfe definitiv weg. Die Zahl der verbliebenen Trümpfe lässt sich mathematisch exakt berechnen. Einen solchen Rückschluss auf die Kartenverteilung lässt auch das Stechen einer Fehlfarbe durch einen Mitspieler zu. Der Rückschluss lautet: Dieser Mitspieler hat diese Fehlfarbe nicht mehr. Wenn zwei Mitspieler eine Fehlfarbe stechen, lässt sich zusätzlich noch der sichere Schluss ziehen, dass der dritte Mitspieler die verbliebenen Fehlkarten dieser Farbe hält.

Wenn dagegen ein Mitspieler einen schwarzen Fehlstich, der zum ersten Mal läuft, mit einem Bauern sticht, kann man schließen, dass er keinen Fuchs hat. Dieser Schluss ist jedoch nicht hundertprozentig sicher. Der Mitspieler könnte den Fuchs zurückgehalten haben, weil ihm das Risiko in diesem Stich zu hoch war. Es lassen sich noch viele weitere Beispiele für nicht sichere Rückschlüsse finden. Diese Schlüsse werden in den anderen Kapiteln dieses Buches ausführlich behandelt.

10.1 Was gezählt werden kann

In diesem Abschnitt führe ich die Karten und Informationen auf, die sich zählen bzw. merken lassen. Für die Leser, die sich nicht alles merken wollen, sind die Karten bzw. die Informationen nach Wichtigkeit geordnet.

1. Kreuz Damen und "Kontra"- bzw. "Re"-Ansagen

2. Fehlfarben, die schon gespielt wurden

3. Mitspieler, die eine Fehlfarbe stechen

4. Herz Zehnen

Diese vier Punkte sind die Mindestinformation, die sich jeder Spieler merken sollte. Mit diesen vier Informationen lassen sich die schlimmsten Pannen im Spiel bereits vermeiden, denn

- man weiß, wer zusammen spielt,
- man spielt zuerst die Asse von Fehlfarben, die noch nicht gespielt wurden,
- man kann Fehlfarben in sinnvoller Höhe stechen,
- man kann die Fehlfarbe spielen, die der Partner sticht,
- man kann seine hohen Trümpfe sinnvoll einsetzen.

Mit steigender Spielstärke nehmen auch die Informationen zu, die man in sein Spiel einbezieht:

5. Anzahl der noch nicht gespielten Fehlkarten und Verteilung der Fehlfarben
6. Trümpfe ab dem Kreuz Bauern aufwärts
7. Füchse
8. Anzahl und Art der noch nicht gespielten Trümpfe

Diese Informationen beziehen sich auf die Karten, die noch im Spiel sind. Aus der Augenzahl der gespielten Karten lässt sich noch zusätzlich eine Information über den Ausgang des Spiels gewinnen. Das Zählen der Augen wird im Abschnitt 10.2.4 ausführlich diskutiert.

10.2 Konkrete Techniken des Mitzählens

10.2.1 Die Standardmethode: Trümpfe und Fehlfarben runterzählen

Bei dieser Methode merkt man sich, wie viel Trumpf-, Kreuz-, Pik- und Herzkarten die drei Mitspieler noch auf der Hand halten.

Zu Beginn des Spiels rechnet man sich die Zahl der Trumpfkarten und die Anzahl der Fehlkarten, die die drei Mitspieler halten, aus. Anschließend zählt man mit jeder gefallenen Karte in der jeweiligen Farbe um eins herunter.

Dieses Verfahren erinnert an den Countdown beim Start einer Rakete, nur dass hier vier Raketen parallel gestartet werden. Das Kontrollieren von vier Zählern gleichzeitig erscheint vielen Lesern jetzt vielleicht anstrengend. Dieser Eindruck soll in den nächsten beiden Abschnitten durch Beispiele und Ratschläge entkräftet werden.

10.2.2 Fehlkarten mitzählen

Aus der Kenntnis der noch nicht gespielten Fehlkarten lassen sich in jedem Spiel wichtige Entscheidungen ableiten: Ob man sticht oder abwirft, wie hoch man einsticht und welche Fehlfarbe man abwirft. Daher ist das Mitzählen der Fehlkarten wichtiger als das Mitzählen der Trümpfe.

Das perfekte Mitzählen der Fehlkarten ist mit der Methode des "Runterzählens" einfach zu erreichen. Zusätzlich sollte man versuchen, sich die Aufteilung der Fehlkarten jeder Fehlfarbe auf die Mitspieler zu merken.

Beispiel:

Man hat drei Fehlkarten in Kreuz. Das heißt die Mitspieler haben fünf Fehlkarten in Kreuz. Wenn Kreuz einmal glatt durchgeht, haben die Mitspieler nur noch zwei Kreuzkarten. Wenn Kreuz zum zweiten Mal läuft, wird also sicher gestochen. Jetzt ist nur noch zu klären, ob ein Spieler die zwei verbleibenden Kreuzkarten hält, oder ob die beiden Karten auf zwei Spieler verteilt sind. Dies lässt sich zum Beispiel aus dem Abwerfverhalten in anderen Farben oder aus der Höhe der Karten im ersten Stich schließen.

Durch konsequentes "Runterzählen" der Fehlkarten lassen sich die bösen Überraschungen vermeiden, die man erlebt, wenn man eine Fehlfarbe zum dritten Mal spielt und ausgerechnet der eigene Partner noch einmal bedienen muss.

10.2.3 Trümpfe mitzählen

Das Mitzählen der Trümpfe fällt vielen Spielern schwer. Es gibt sogar Spieler, die nicht genau wissen, wie viele Trümpfe es insgesamt gibt. Zugleich glauben viele Spieler, dass die Zahl der verbliebenen Trumpfkarten keine Auswirkung auf das optimale Spielen der eigenen Karten hat. Das ist jedoch nicht richtig.

Das Erkennen von Trumpfengpässen bei den Mitspielern gegen Ende des Spiels ermöglicht viele vorteilhafte Spielvarianten, z.B. das Ziehen mit Herz Zehn zum richtigen Zeitpunkt oder das Halten von Kreuz Bauer oder Fuchs bis zum letzten Stich. Auch bei allen Soli oder bei der Trumpfabgabe ist das Mitzählen der Trümpfe häufig spielentscheidend.

Die Methode des "Trümpfe-Runterzählens" wird vorteilhaft immer dann angewandt, wenn man selbst relativ viele Trümpfe hat, z.B. bei einem Solo oder einer Trumpfabgabe.

Beispiel 1:

Trumpfabgabe mit zwölf eigenen Trümpfen, keinen Trumpf zurück. Die Gegenspieler haben 14 Trümpfe. Von dieser Zahl zieht man jeden Trumpf ab, den die Gegenspieler spielen.

In diesem Beispiel hätte man bestenfalls (bei Gleichverteilung der Trümpfe von 7:7) nach sieben Trumpfstichen die Trümpfe der Gegenspieler weggespielt.

Dieses Beispiel zeigt, dass das "Runterzählen" besonders einfach und informativ ist, wenn die Aussicht besteht, den Gegenspielern vor dem letzten Stich alle Trümpfe wegzuspielen.

Wenn man jedoch nur wenig Trümpfe hat, ist die Methode des "Runterzählens" demotivierend und häufig auch sinnlos. Darüber hinaus erfordert das "Runterzählen" der Trümpfe eine hohe Konzentration, besonders, wenn häufig Fehlfarben gespielt werden, die dann von einem oder mehreren Spielern gestochen werden.

Für diese Fälle empfehle ich als Alternativmethode die Berechnung der Trumpfanzahl aus der Zahl der noch nicht gespielten Fehlkarten:

Die Anzahl der Trümpfe ist gleich der Zahl der Karten, die noch im Spiel sind minus der Zahl der noch nicht gespielten Fehlkarten.

Beispiel 2:

Drei Stiche vor Spielende. Vier Fehlkarten (zwei Pik, ein Kreuz und ein Herz) wurden noch nicht gespielt. Die drei Mitspieler halten neben den vier Fehlkarten also noch fünf Trumpfkarten. Durch Ausspielen von Trumpf lassen sich diese fünf Trümpfe auf zwei Trümpfe reduzieren (sofern noch alle Spieler Trumpf haben).

Das Zählen der Trümpfe über die nicht gespielten Fehlkarten ist eine sehr einfache Methode, um in der Endphase eines Spiels den Überblick zu bewahren und die richtigen Entscheidungen zu treffen.

10.2.4 Das Zählen der Augen

In einem gewöhnlichen Spiel ist das Zählen der Augen nur sinnvoll, wenn man für jeden Spieler die erreichte Augenzahl mitzählt. Man muss für jeden Spieler die Augenzahl separat zählen, solange die Mannschaftsaufteilung noch nicht geklärt ist. Erst nach Aufklärung der Mannschaftsaufteilung lässt sich das Zählen vereinfachen. Dann reicht es gewöhnlich aus die Augenzahl einer Mannschaft zu zählen.

Bei einem Solo lässt sich das Zählen der Augen weiter vereinfachen. Die Mannschaftsaufteilung ist bekannt und der Solospieler kennt die Zahl der Stiche, die die Gegenspieler maximal machen.

Der Solospieler berechnet die Augenzahl, die die Gegenspieler pro Stich im Mittel machen dürfen, zum Beispiel wären das bei 5 Stichen 24 Augen pro Stich. Jetzt merkt er sich pro Stich nur die Abweichung der Augenzahl vom Mittelwert. Falls in diesem Beispiel nach 5 Stichen die Summe der Abweichungen negativ ist, haben die Gegenspieler in ihren fünf Stichen weniger als 120 (5x24) Augen bekommen. Im Abschnitt 8.1.4 ist diese Methode für ein Damensolo ausführlich beschrieben

Die meisten Doppelkopfspieler zählen die Augen nicht mit. Ein Grund hierfür ist, dass das gleichzeitige Zählen von Trümpfen, Fehlkarten und Augen sehr anstrengend ist. Außerdem ist die Kenntnis der gelaufenen Trümpfe und Fehlkarten wesentlich wichtiger als die Kenntnis der bisher erreichten Augen.

Dennoch hilft die Kenntnis der erreichten Augenzahl besonders am Ende eines Spiels bei der Entscheidung, ob man den Gegnern noch einen Stich lassen darf, oder ob man unbedingt diesen Stich machen muss, um eine bestimmte Augenzahl (z.B. 120) zu erreichen.

Für Spieler, die bisher die Augen nicht mitgezählt haben, einige Empfehlungen für den sanften Einstieg in das Mitzählen:

1. Die Augen sollten nur mitgezählt werden, wenn man auch die Trumpf- und Fehlkarten mitzählt.
2. Wenn man erwartet, dass die Gegenspieler wenig Stiche machen, zählt man ihre Augen mit (weil es dann besonders einfach ist).
3. Bei einem Solo sollte man die Augen grundsätzlich mitzählen, da man häufig vor der Frage steht: Kann ich den Gegnern diesen Stich noch lassen und abwerfen oder muss ich stechen?

10.2.5 Die Bedeutung des Zählens

Das Mitzählen ist eine wichtige Voraussetzung für das erfolgreiche Doppelkopfspielen. Auf Grundlage der vollständigen Informationen über die gespielten Karten und die erreichten Augenzahlen trifft man in unklaren Situationen mit höherer Wahrscheinlichkeit die richtige Entscheidung. Wenn man dadurch im Mittel pro Spiel einen Punkt mehr erreicht, so sind das am Ende einer Doppelkopfrunde mit 32 Spielen 32 zusätzliche Punkte.

Zusammenfassung:

Das Zählen

Zusätzlich zu den grundlegenden Informationen, die man sich merken sollte:

- Kreuz Damen und Mannschaftsaufteilung
- bereits gespielte Fehlfarben
- welcher Spieler welche Farbe sticht
- Herz Zehnen

sollte man auch die Zahl der Trümpfe und Fehlkarten kennen, die noch im Spiel sind.

Die einfachste Technik zum Zählen von Fehlkarten ist das "Runterzählen". Diese Technik lässt sich auch auf das Zählen der Trümpfe anwenden. Alternativ lässt sich die Trumpfanzahl auch aus den noch nicht gespielten Fehlkarten berechnen.

Das Mitzählen der Trumpf- und Fehlkarten ist Pflicht, das Mitzählen der Augen ist Kür.

11 Wahrscheinlichkeitsberechnungen

Beim Doppelkopfspiel steht man häufig vor schwierigen Entscheidungen, weil man die Verteilung der Spielkarten auf die Mitspieler nicht kennt. Die Wahrscheinlichkeitsberechnungen dieses Kapitels sollen für einige wichtige Entscheidungen (zum Beispiel beim Stechen von Fehlfarben) Hilfen liefern. Selbstverständlich können die Berechnungen nicht die tatsächliche Verteilung sicher vorhersagen. Aber wenn man sich immer auf die wahrscheinlichste Verteilung einstellt, wird man im statistischen Mittel über viele Spiele die besten Ergebnisse erzielen.

Im Doppelkopfspiel gibt es $2{,}358 \times 10^{26}$ Verteilungen der 48 Karten auf die vier Spieler. Diese Berechnung gilt für 48 unterscheidbare Karten. Da jede Karte jedoch doppelt vorkommt, reduziert sich die Zahl der unterschiedlichen Verteilungen auf $1{,}405 \times 10^{19}$.

11.1 Verteilung der Fehlkarten

Für das praktische Spiel ist die Verteilung der Fehlkarten auf die vier Spieler besonders interessant. Aus der Wahrscheinlichkeit für das Auftreten der unterschiedlichen Verteilungen lässt sich die Wahrscheinlichkeit für das Abstechen einer Fehlfarbe berechnen.

Die folgende Tabelle enthält die Wahrscheinlichkeiten für die Verteilung der schwarzen Fehlfarben und der Fehlfarbe Herz in Abhängigkeit von der Anzahl der eigenen Fehlkarten in der jeweiligen Farbe.

Tabelle 1:

Anzahl der eigenen Fehlkarten	Häufigkeit des Auftretens	Wahrscheinlichkeit beim ersten Mal durchzugehen	Wahrscheinlichkeit beim zweiten Mal durchzugehen	Wahrscheinlichkeit, dass beim ersten Mal zwei Spieler stechen können	Wahrscheinlichkeit, dass beim zweiten Mal genau ein Spieler stechen kann
in Kreuz und Pik					
0	8,0%	0%	0%	7,3%	53,0%
1	26,5%	87,6%	0%	0,03%	34,4%
2	34,1%	79,4%	14,8%	0,1%	67,8%
3	22,0%	66,8%	0%	0,6%	64,7%
4	7,7%	48,4%	0%	2,5%	19,1%
5	1,5%	24,2%	0%	9,2%	0%
6	0,15%	0%	0%	31,4%	0%
7	0,0076%	0%	0%	100%	0%
8	0,0001%	0%	0%	100%	0%
in Herz					
0	15,9%	0%	0%	20,6%	14,8%
1	36,9%	66,8%	0%	0,6%	0%
2	31,7%	48,4%	0%	2,5%	19,1%
3	12,8%	24,2%	0%	9,2%	0%
4	2,5%	0%	0%	31,4%	0%
5	0,23%	0%	0%	100%	0%
6	0,0075%	0%	0%	100%	0%

11.2 Einige Folgerungen aus den Ergebnissen

- Die Wahrscheinlichkeit, dass ein blankes schwarzes As durchgeht ist mit 87,6% recht hoch, d.h. ein blankes schwarzes As wird (statistisch) nur jedes 8. Mal gestochen.
- Die Wahrscheinlichkeit, eine schwarze Fehlfarbe beim ersten Mal alleine zu stechen ist mit 92,7% noch höher. Nur mit einer Wahrscheinlichkeit von 7,3%, also jedes 14. Mal wird man überstochen. Falls die gleiche Farbe das zweite Mal läuft, ist die Wahrscheinlichkeit bereits 47% (100% minus 53%), dass auch ein zweiter Spieler sticht.
- Eine schwarze Farbe geht nur dann zweimal durch, wenn jeder Spieler genau zwei Karten in dieser Farbe hat. Die Wahrscheinlichkeit für das Auftreten dieser Verteilung beträgt 14,8%, also etwa 1:7.
- Ein As, das dreimal besetzt ist, hat noch eine Wahrscheinlichkeit von 48,4% beim ersten Mal durchzugehen, die Chancen stehen also etwa 1:1.

- Die Wahrscheinlichkeit, dass eine Herzkarte durchgeht ist immer genau gleich der Wahrscheinlichkeit einer mit zwei weiteren Karten besetzten schwarzen Fehlkarte. Zum Beispiel besitzt das blanke Herz As mit 66,8% die gleiche Chance durchzugehen wie ein zweifach besetztes schwarzes As.

Ein Vergleich dieser berechneten Wahrscheinlichkeiten mit den Erfahrungen am Spieltisch liefert gute Übereinstimmungen. Abweichungen treten auf, weil normalerweise nicht statistisch perfekt gemischt wird. Die Fehlkarten einer Farbe bleiben zusammen und werden dann im Dreierpack wieder an die Spieler ausgeteilt. Dieses schlechte Mischen führt dazu, dass die Fehlfarben ungleichmäßiger verteilt werden als theoretisch zu erwarten wäre. Es kommt häufiger vor, dass ein Spieler viele Fehlkarten in einer Fehlfarbe hat. Zum Beispiel sollte ein Spieler sechs Fehlkarten in Kreuz- (für Pik gilt das gleiche) nur alle 660 Spiele erhalten, in der Praxis kommt diese Verteilung aber häufiger vor.

11.3 Wahrscheinlichkeit für doppelte Karten

Die Wahrscheinlichkeit eine bestimmte Karte

- doppelt zu bekommen beträgt 5,9%
- genau ein Mal zu bekommen beträgt 38,3%
- gar nicht zu bekommen beträgt 55,9%.

Das heißt statistisch kann ein Spieler nur in jedem siebzehnten Spiel (5,9%) eine Hochzeit bekommen.

11.4 Kreuz Dame in einer Trumpfabgabe

Die Fragestellung, ob in einer Trumpfabgabe eine Kreuz Dame liegt, taucht immer auf, wenn man in Hinterhand entscheiden muss, ob man die Abgabe nimmt oder nicht. Ist die Wahrscheinlichkeit hoch, dass man mit dem Abgabespieler in einem normalen Spiel zusammen spielt, ist es vorteilhafter auch mit einem mäßig guten Blatt die Abgabe zu nehmen.

Spielern, die prinzipiell keine Abgaben nehmen, stellt sich diese Frage nicht. Daher können sich diese Spieler das Lesen des folgenden Abschnitts sparen.

Die folgenden Wahrscheinlichkeiten wurden unter der Voraussetzung berechnet, dass die Abgabe genau drei Trumpfkarten enthält. Die Wahrscheinlichkeit hängt dann nur noch von der Anzahl der eigenen Trumpfkarten ab und davon ob man eine Kreuz Dame hat.

Tabelle 2:

Wahrscheinlichkeit, dass man in einer Abgabe mit drei Karten eine Kreuz Dame findet

Anzahl der eigenen Trümpfe vor dem Nehmen der Abgabe	Wahrscheinlichkeit für Re-Spieler (eine Kreuz Dame)	Wahrscheinlichkeit für Kontra-Spieler (keine Kreuz Dame)
12	21,4%	39,6%
11	20,0%	37,1%
10	18,8%	35,0%
9	17,7%	33,1%
8	16,7%	31,4%
7	15,8%	29,8%
6	15,0%	28,4%

Die Berechnung zeigt, dass etwa jedes dritte Mal die Kreuz Dame in der Abgabe liegt, wenn man keine Kreuz Dame hat. Wenn man bereits eine Kreuz Dame hat, findet man nur jedes sechste Mal die zweite Kreuz Dame in der Abgabe. Das heißt, dass ein Re-Spieler mit mäßigem Blatt in Hinterhand die Abgabe nicht nehmen sollte. Bei acht eigenen Trümpfen liegt mit nur 16,7% Wahrscheinlichkeit eine Kreuz Dame in der Abgabe.

12 Zusätzliche Schlussfolgerungen

Neben den Schlussfolgerungen aus den eigenen Karten und den Schlussfolgerungen aus den Karten, die gespielt werden, gibt es eine ganze Reihe anderer Schlussfolgerungen, die aus dem Verhalten der Mitspieler und aus allem, was während des Spiels sonst noch gesagt und getan wird, gezogen werden können.

Im Einzelnen wird in diesem Kapitel angesprochen:

- Der individuelle Spielstil der Mitspieler
- Schlüsse aus nicht gespielten Vorbehalten
- Verzögerungen beim Spielen einer Karte
- Das Stecken und Sortieren der Karten
- Bemerkungen der Mitspieler zum Spiel oder zu ihren Karten
- Unerwünschte Informationen

12.1 Der individuelle Spielstil

Wenn man einige Zeit mit den gleichen Spielpartnern Doppelkopf spielt, lernt man deren individuellen Spielstil kennen. Der individuelle Spielstil eines Spielers ist geprägt durch für diesen Spieler typische Abweichungen von der logisch idealen Spielweise, die in diesem Buch aufgezeigt wird.

Häufige Abweichungen sind das Schonen hoher Trümpfe und das Ausspielen von Fehlfarben, obwohl man überdurchschnittlich viele Trümpfe hat. Anderen Spielern fällt es schwer, volle Fehlfarbenkarten in Stiche der Gegenspieler abzuwerfen.

Der individuelle Spielstil ist die Summe aller Einzelentscheidungen in allen typischen Spielsituationen während des Doppelkopfspiels.

In diesem Abschnitt sollen nicht noch einmal alle typischen Fehler aufgeführt werden. Hier geht es darum, dass man die individuellen Abweichungen vom optimalen Spielstil bei seinen Mitspielern erkennt und in seinem eigenen Spiel berücksichtigt. Jede Schlussfolgerung aus den gespielten Karten der Mitspieler muss auch den Spielstil und die Spielstärke des jeweiligen Spielers berücksichtigen. Bei einem schwächeren Spieler kann man aus den gelegten Karten, zum Beispiel aus dem Ausspielen von Fehlfarben oder Trumpf, weniger Schlussfolgerungen ziehen als bei einem guten Spieler.

Beispiel:

Spieler D hat Kreuz gestochen und "Re" angesagt.

Wenn Spieler A, der sich normalerweise nicht die gelaufenen Fehlfarben merkt, im fünften Stich Kreuz ausspielt, kann nicht sicher daraus geschlossen werden, dass er auch Re-Spieler ist.

12.2 Schlüsse aus nicht gespielten Vorbehalten

Wenn mehrere Vorbehalte angemeldet werden, so sollte man versuchen, die Vorbehalte, die nicht gespielt werden, vor oder während des Spiels festzustellen und dann in seinem eigenen Spiel zu berücksichtigen.

Beispiel 1:

Spieler D hat eine Hochzeit.

Spieler B und C hatten ebenfalls Vorbehalte. Mit hoher Wahrscheinlichkeit hatte ein Spieler eine Trumpfabgabe und ein Spieler fünf Neunen. Die genaue Zuordnung lässt sich erst während des Spiels vornehmen.

Die erste Schlussfolgerung ist jedoch, dass der Hochzeitsspieler nach Möglichkeit vermeidet, mit Spieler B oder Spieler C zu spielen. Falls er dann doch mit einem der beiden Spieler eine Mannschaft bilden muss, dann muss er die Vorbehalte seines Partners beim "Re"-Ansagen berücksichtigen.

Beispiel 2:

Spieler D hat ein Farbensolo, ein weiterer Spieler hatte ebenfalls Vorbehalte.

Es besteht die Möglichkeit, dass dieser Spieler eine Hochzeit oder eine Trumpfabgabe spielen wollte. Falls D selbst eine Kreuz Dame hat, ist eine Trumpfabgabe sehr wahrscheinlich (Fleischloser und Fünf Neunen kommen auch in Frage). Falls ein Gegenspieler beim Farbensolo sehr wenig Trümpfe hat, ist das sehr unangenehm, da die beiden anderen Spieler entsprechend mehr Trümpfe haben. Spieler A sollte daher nach Möglichkeit nicht Karo als Trumpffarbe wählen, in der Hoffnung, dass der Spieler mit Vorbehalten in der gewählten Trumpffarbe mehr Trümpfe hat.

Schließlich sollte man noch die Vorbehalte berücksichtigen, die ein Spieler zu spielen überlegt hat. Es ist zu klären, welches Solo der Spieler spielen wollte:

- Hat er viele Damen und wollte ein Damensolo spielen?
- Hat er schlechte Karten und geprüft, ob er zur Verlustminimierung ein Bauernsolo oder einen Fleischlosen spielt?
- In jedem Fall ist in dieser Situation von "keine 90" oder weiteren Ansagen abzusehen, da sehr ungleichmäßige Kartenverteilungen vorliegen können.

12.3 Verzögerungen beim Spielen einer Karte

Falls ein Spieler vor dem Spielen einer Karte zögert oder überlegt, so kann man daraus schließen, dass er in dieser Spielsituation mehrere Möglichkeiten hat.

Beispiele:

1. Der Spieler zögert vor dem Ausspielen eines Asses in einer Farbe, die zum ersten Mal gespielt wird.
   Folgerungen: Der Spieler hat mehrere Asse oder er hat nur dieses As, aber gezögert es auszuspielen, da es mehrfach besetzt ist.
2. Der Spieler zögert vor dem Bedienen einer Fehlfarbe.
   Folgerung: Der Spieler hat mehrere Karten in dieser Fehlfarbe.

3. Der Spieler zögert beim Stechen einer Fehlfarbe, die zum ersten Mal läuft.
   Folgerung: Der Spieler hat überlegt, ob er mit einem Fuchs stechen soll.
4. Der Spieler zögert vor dem Stechen einer Fehlfarbe, die zum zweiten oder dritten Mal läuft.
   Folgerungen: Der Spieler überlegt, wie hoch er stechen soll oder ob er abwerfen soll.
5. Der Spieler zögert vor dem Bedienen eines kleinen Trumpfes.
   Folgerung: Der Spieler hat noch mehrere Trumpfkarten und er hat auch noch höhere Trümpfe. Falls in dem Stich bereits ein hoher Trumpf liegt, hat er sicherlich einen noch höheren Trumpf.

Diese Beispiele geben eine grobe Übersicht über die Folgerungen aus dem Zögern beim Spielen einer Karte.

Wenn man die Informationen aus den anderen Stichen hinzuzieht und noch die individuellen Gewohnheiten der Mitspieler berücksichtigt, lassen sich aus dem Zögern beim Spielen einer Karte wichtige und eindeutige Schlüsse ziehen.

12.4 Das Stecken und Sortieren der Karten

Auch aus den Fehlern der Mitspieler beim Stecken und Sortieren der Karten auf der Hand lassen sich Schlüsse ziehen.

Die häufigsten Fehler sind:

1. Das Stecken der hohen Trumpfkarten nach außen.
   Es gibt immer noch viele Spieler, die ihre höchsten Trümpfe außen auf der Hand halten. Falls jetzt z.B. eine Kreuz Dame von ganz außen gezogen wird, kann gefolgert werden, dass dieser Spieler keine Herz Zehn hat. Falls die Kreuz Dame die zweite Karte von außen ist, wird der Spieler noch eine Herz Zehn haben.
2. Das vorzeitige Ziehen von Karten beim Bedienen von Fehlfarben oder Trumpf.
   Aus dem vorzeitigen Aussortieren einer Karte kann geschlossen

werden, dass es eine kleine unwichtige Karte ist. Dieser Spieler wird die Fehlfarbe vermutlich bedienen oder in einem Trumpfstich einen kleinen Trumpf dazu legen.

Weitere Informationen lassen sich aus dem Einsortieren der Karten bei einer Trumpfabgabe oder dem Umsortieren der Trümpfe bei einem Farbensolo gewinnen.

Um diese Fehler beim eigenen Blatt zu vermeiden, sollte man seine Karten nur grob sortieren. Es reicht aus, wenn man die Karten nach den drei Fehlfarben und Trumpf sortiert. Die Trümpfe sollte man nicht nach der Höhe sortieren. Wenn man jedoch die Sortierung nach der Höhe vornimmt, müssen die hohen Trümpfe nach innen gesteckt werden. Um zu vermeiden, dass die Kreuz Dame doch wieder außen steht, wenn man Volltrumpf hat, kann man einige Karo-Trumpfkarten neben die Kreuz Dame stecken.

Auch das vorzeitige Ziehen einer Karte ist selbstverständlich nicht sinnvoll. Man sollte immer den Eindruck erwecken, dass man in jedem Stich die volle Auswahl zwischen den Möglichkeiten Stechen, Überstechen oder Abwerfen hat.

12.5 Bemerkungen der Mitspieler

Es gibt Spieler, die während des Spiels die Qualität ihrer Karten oder eine Bewertung des Spielablaufs mitteilen müssen.

Zum Beispiel beim Aufnehmen der Karten:
"Das ist ja der gleiche Schrott wie eben."
Oder:
"Ich spiele gleich nicht mehr mit, wenn das so weitergeht."

Beim Spielen von Fehlfarben:
"Den hätte ich auch gekonnt"
wenn ein anderer Spieler mit Fehl-As einen Stich bekommt.

Mit diesen Bemerkungen schaden sich diese Spieler selbst, da die Mitspieler aus diesen Informationen Vorteile ziehen. Wenn z.B. ein

Spieler mitteilt, dass er schlechte Karten hat, so werden die anderen Spieler das beim Ansagen berücksichtigen. Bei einer Hochzeit wird es der Hochzeitsspieler vermeiden, ihn als Partner zu bekommen.

Die Spieler, die über schlechte Karten jammern, neigen auch dazu, mit guten Karten zu prahlen und den Gegenspielern bereits während des Spiels ihren Sieg anzukündigen. Auch diese Kommentare sind nicht zulässig, da sie z.B. dem Partner signalisieren könnten, "keine 90" oder "keine 60" anzusagen.

Die meisten Bemerkungen und Kommentare zum Spiel zählen eigentlich schon zu den unerwünschten Informationen, die im nächsten Abschnitt behandelt werden.

12.6 Unerwünschte Informationen

Es stellt sich die Frage, ob die Informationen, die bisher in diesem Kapitel diskutiert wurden, erwünscht sind. Die Antwort lautet sicherlich nein. Aber man kann auch nicht mit Scheuklappen oder Ohrenstöpseln spielen. Wenn diese Informationen anfallen, sollten sie auch verarbeitet werden.

Wirklich ärgerlich wird es, wenn Spieler ihre Karten zeigen oder verraten. Dann macht das Spiel keinen Spaß mehr.

Auch das Aufklären der Mannschaftsaufteilung durch Sprüche wie "hallo Partner" oder "also wir beide" oder durch Zusammenwerfen der bereits gemachten Stiche während des Spiels ist nicht zulässig.

Der Umgang mit diesen unerwünschten Informationen und Maßnahmen zur Vermeidung muss jede Spielrunde individuell regeln. Dem Spaß am Doppelkopfspiel sind die unerwünschten Informationen jedenfalls nicht förderlich.

12.7 Konsequenzen für das eigene Spiel

Die in diesem Kapitel aufgezeigten Informationen sollte man seinen Gegenspielern nicht liefern.

Das bedeutet:

1. Man spielt abwechslungs- und ideenreich. Das eigene Spiel ist für die Gegenspieler nur schwer auszurechnen.
2. Man bleibt im Spiel ruhig und gelassen, unabhängig vom Blatt, das man gerade in der Hand hält.
3. Man legt sich für jede Spielsituation ein Konzept bzw. eine zu spielende Karte zurecht, um in jeder Situation gleich schnell und ohne zu zögern eine Karte spielen zu können.

Zusammenfassung:
Zusätzliche Schlussfolgerungen

Jeder Spieler hat einen individuellen Spielstil, der beim Ziehen von Schlüssen zu berücksichtigen ist.

Aus nicht gespielten Vorbehalten lassen sich Rückschlüsse ziehen.

Aus dem Zögern beim Spielen einer Karte lassen sich Rückschlüsse ziehen.

Aus dem Stecken der hohen Trümpfe nach außen und dem vorzeitigen Ziehen einer Karte lassen sich Schlüsse ziehen.

Aus allen Kommentaren und Bemerkungen während des Spiels lassen sich Schlüsse ziehen.

Man selbst vermeidet es, den Mitspielern diese zusätzlichen Informationen zu bieten.

13 Anhang

Die folgenden Spielregeln sind der Originalwortlaut der Kurzfassung der Doppelkopf-Spielregeln des Deutschen Doppelkopf-Verbandes (DDV, http://www.doko-verband.de). Dem DDV sei an dieser Stelle für die freundliche Genehmigung zum Abdruck der Spielregeln gedankt.

Doppelkopf-Spielregeln

Dies ist eine vereinfachte Fassung der Turnierspielregel des DDV für den täglichen Gebrauch und zur Einweisung von Spielern, die das Spiel grundsätzlich kennen, in die Spielregeln des DDV.

1. **Das Doppelkopfblatt**
besteht aus je 12 Karten der vier Farben Kreuz, Pik, Herz, Karo, nämlich (Zählwert in Klammern) pro Farbe je zwei Asse (11), zwei Zehnen (10), 2 Könige (4), zwei Damen (3), zwei Buben (2) und zwei Neunen (0). Es wird also mit Neunen gespielt.

2. **Spieler und Parteien**
Doppelkopf wird mit vier Spielern gespielt (bei fünf Spielern setzt der Geber aus). Im Normalspiel spielen die Spieler, die die Kreuz Dame besitzen (Re-Partei) gegen die beiden anderen (Kontra-Partei). Es ist allerdings auch möglich, dass ein Spieler gegen die drei anderen spielt (Solo).

3. **Trumpf und Fehl**
Grundsätzlich besteht Bedienpflicht. Kann eine angespielte Karte nicht bedient werden, kann getrumpft oder abgeworfen werden.

3.1. **Normalspiel**
Hier sind die folgenden Karten in der angegebenen Reihenfolge

Trumpf: Herz 10, Kreuz Dame, Pik Dame, Herz Dame, Karo Dame, Kreuz Bube, Pik Bube, Herz Bube, Karo Bube, Karo As, Karo König, Karo 9
Da alle Karten zweimal vorhanden sind, sind 26 Trumpf im Spiel. Alle anderen Karten sind Fehl in der Reihenfolge As, 10, König, 9. Es sind also 22 Fehlkarten im Spiel (beachte Sonderstellung der Herz 10!)

3.2. Solospiele

3.2.1. Damensolo
Alle Damen sind Trumpf in der Reihenfolge Kreuz, Pik, Herz, Karo. Es gibt also acht Trumpf. Alle anderen Karten sind Fehl in der Reihenfolge As, 10, König, Bube, 9.

3.2.2. Bubensolo
Alle Buben sind Trumpf in der Reihenfolge Kreuz, Pik, Herz, Karo. Es gibt also acht Trumpf. Alle anderen Karten sind Fehl in der Reihenfolge As, 10, König, Dame, 9.

3.2.3. Farbsolo in Kreuz, Pik, Herz, Karo
Herz 10, alle Damen und alle Buben sind Trumpf wie im Normalspiel. Karo As, Karo 10, Karo König und Karo 9 werden durch die entsprechenden Karten der gewählten Trumpffarbe ersetzt. Achtung: Beim Herz-Solo bleibt die Herz 10 hoch! Es sind dann zwei Trumpf weniger im Spiel.

3.2.4. As-Solo (Fleischloser)
Es gibt keine Trümpfe. Die Karten gelten in der Reihenfolge As, 10, König, Dame, Bauer, 9.

3.3. Hochzeit

Besitzt ein Spieler beide Kreuz Damen, so hat er eine "Hochzeit". Sein Partner wird derjenige, der innerhalb der ersten drei Stiche den ersten Stich macht, der nicht an den Hochzeiter geht (Klärungsstich).

Wird eine Hochzeit nicht angemeldet (s. 4.) oder macht der Hochzeiter die ersten drei Stiche, so spielt der Hochzeiter ein Farbsolo in Karo.

4. Spielverlauf

Nach dem Mischen besteht Abhebepflicht. Es werden viermal drei Karten an jeden Spieler verteilt. Anschließend erfolgt die Vorbehaltsabfrage:

Zwei Vorbehalte sind möglich: "Solo" (s. 3.2.) oder "Hochzeit" (s. 3.3.). Zunächst stellt der links vom Geber Sitzende fest, ob er einen Vorbehalt hat (dann sagt er "Vorbehalt") oder nicht (dann sagt er "gesund"). Es folgt der links Sitzende usw., so dass der Geber als Letzter meldet. Melden alle Spieler "gesund", spielt der links vom Geber Sitzende zum Normalspiel auf.

Melden ein oder mehrere Spieler "Vorbehalt", dann geben sie jetzt in der gleichen Reihenfolge ihren Vorbehalt bekannt und zwar nur durch "Solo" oder "Hochzeit". (Wird nach TSR gespielt, so ist die Reihenfolge "Pflichtsolo", "Lustsolo", "Hochzeit"). Die Vorbehaltsabfrage endet, sobald ein Spieler den gefragten Vorbehalt bejaht. Danach benennt dieser Spieler den Spieltyp (tauft den Vorbehalt).

Ein Solo ist gegenüber der Hochzeit der höherrangige Vorbehalt. Bei mehreren Soli erhält der am weitesten vorne sitzende Spieler das Spielrecht. Das Aufspiel bleibt dabei grundsätzlich unberührt. Wird allerdings mit Pflichtsolo (TSR) gespielt, hat der Solist grundsätzlich Aufspielpflicht.

5. An- und Absage

5.1. Ansage

Mit der Ansage "Re" (Re-Partei) oder "Kontra" (Kontra-Partei) zeigt der Ansagende an, dass er glaubt zusammen mit seinem Partner das Spiel gewinnen zu können (Vorsicht: es gibt auch unzählige "taktische" Gründe für eine Ansage).
Eine Ansage ist solange möglich, wie der Ansagende 11 Karten auf der Hand hat, jedoch nicht vor Beendigung der Vorbehaltsabfrage. Bei einer Hochzeit darf keine Ansage gemacht werden, bis der Klärungsstich beendet ist.
Erfolgt die Klärung mit dem ersten Stich müssen zur Ansage noch 11 Karten auf der Hand sein, erfolgt die Klärung mit dem zweiten Stich noch zehn Karten, mit dem dritten noch neun.

5.2. Absagen

Ausschließlich nach erfolgter Ansage können die Partner durch Absagen den Wert des Spieles erhöhen.
Absagen sind:

"Keine 90"	mit 10 (9, 8) Karten auf der Hand
"Keine 60"	mit 9 (8, 7) Karten auf der Hand
"Keine 30"	mit 8 (7, 6) Karten auf der Hand
"Schwarz"	mit 7 (6, 5) Karten auf der Hand

(Angaben in Klammern für die Hochzeit, Klärung im zweiten bzw. dritten Stich)
Die Absage bedeutet, dass die Gegenpartei keine 90 (60, ...) Punkte erreichen wird. Absagen können auch frühzeitig erfolgen, es darf aber keine ausgelassen werden. Auf eine Ansage oder eine Absage kann mit jeweils einer Karte weniger auf der Hand als für die An-/Absage erforderlich ist "Re" oder "Kontra" erwidert werden.

6. Spielende und Wertung

6.1. Spielende

240 Punkte sind insgesamt im Spiel. Gewonnen hat die Re-Partei, wenn sie 121 (151, ...)Augen erreicht hat, außer es ist nur "Kontra" angesagt worden (ohne "Re"). Dann reichen 120 (151,...) Augen. Die Kontra-Partei gewinnt mit 120 (151,...) Augen, außer sie hat "Kontra" angesagt (ohne "Re").

6.2. Wertung

Es wird nach der PLUS-MINUS-Wertung gewertet: Im Normalspiel erhalten die Spieler der Siegerpartei folgende Spielpunkte mit positivem, die Spieler der Verliererpartei mit negativem Vorzeichen:

1. Gewonnen	1 Punkt
2. Ansage	2 Punkte
3. Unter 90/60/30/schwarz gespielt	je Schritt 1 Punkt
4. Keine 90/60/30/schwarz abgesagt	je Schritt 1 Punkt
5. 120 (90/60/30) Augen gegen Absage unter 90 (60/30/schwarz) erreicht	je 1 Punkt
6. Hinzu kommen folgende Sonderpunkte:	
gegen die Kreuz Damen gewonnen	1 Punkt
Doppelkopf (Stich mit 40+ Augen)	1 Punkt
Karo As (Fuchs) der Gegenpartei gefangen	1 Punkt
Kreuz Bube (Karlchen) macht letzten Stich	1 Punkt

Erreichen beide Parteien ihr abgesagtes Ziel nicht, so hat keine Partei gewonnen und es werden nur die Punkte unter 3, 5 und 6 vergeben.

Bei einem Solo werden Sonderpunkte nicht gewertet. (Dies gilt auch für ein Farbsolo in Karo, das aus einer Hochzeit entstehen kann). Diese Punktzahl wird für den Solospieler verdreifacht und ihm bei Gewinn gutgeschrieben, bei Niederlage abgezogen. Den drei Mitspielern der Gegenpartei wird die einfache Punktzahl mit umgekehrtem Vorzeichen angeschrieben. Einzelheiten siehe Turnierspielregeln des DDV.